TAKE
SHOBO

濃く、甘く熟して

復讐に燃える乙女は禁断の愛に囚われる

御子柴くれは

ILLUSTRATION
龍 胡伯

JN047799

MITSU
YUME

CONTENTS

MITSU YUME

イラスト／龍胡伯

濃く、甘く熟して

Koku, Amaku Jukushite

復讐に燃える乙女は禁断の愛に囚われる

序章　人生で最悪のプロポーズ

瑞希《みずき》の被る白いヴェールを、弘樹《ひろき》がそっと持ち上げる。弘樹の顔がはっきり見えたところで、彼が感涙していたものだから、思わず苦笑してしまった。

けれど人生で最高に幸せなはずの瞬間に心が躍り、すぐに互いに真面目な顔に戻る。

「花嫁に誓いのキスを」

神父の言葉が小さな教会内に響いた。

天涯孤独の瑞希に親戚がいないことで、参列者はごくわずかだったが、皆が彼女の門出を祝福してくれようとしていた。

普段、瑞希を家政婦扱いしている東十条《ひがしじゅうじょう》家の面々とて、この日ばかりは様子が違う。厄介払いができるから、ということかもしれなかったが。

弘樹の顔が近づいてくる。緊張しているのか、いつも朗らかな彼には滅多に見られない表情だったが、すぐに見えなくなった。瑞希が目を閉じたからだ。

（このキスで、私はようやく自由になれる……）

東十条家から。

それは悪夢のような年月だった。

大学を卒業し、二十三歳になったこの一年、瑞希はつらい思いしかしてこなかった。一生、東十条家の檻《おり》からは逃げられないのだと悲観し、人生を投げそうになったこともあった。大学に通っていた頃は勉学に励むことが許されていたので、まだ心の余裕や身体の自由があったが、この一年間は完全に東十条家の家政婦と化し、言葉では言い表せないようなつらい日々だったことから、未来に絶望しか見えなかったのだ。

けれど岩崎《いわさき》弘樹と出会い、東十条家の庭師に過ぎなかった彼が瑞希をそこから助け出そうと奮闘してくれたことで、今日このとき、ぶじに結婚するに至ったわけだ。

（もう誰に仕える必要もないのだわ）

特にひとり息子の東十条孝徳《たかのり》にはこき使われ、長い間、奴隷のような扱いを受けてきた。一回りも年上の孝徳に逆らうことはできず、常に言うことを聞いてきた瑞希だったが、もう二度とそんなことは起こらないと思えば――瑞希は弘樹の家に入ることが決まっているので、実質これ以上、東十条家と関わることはないのだ――、孝徳の端正なくせに意地の悪い顔さえ懐かしくなってくる。

（すごくきれいな顔なのに冷たく、厳しいひと……）

頭の中によぎる、孝徳のさまざまな表情。

しかしすぐに瑞希は思考を打ち切った。最高の瞬間を前に、なんて無為なことを考えていたのだろうと、胸中で反省する。

（さっさと結婚して、東十条家のことなんか忘れて、弘樹と一緒に一生楽しく暮らそう）

逸る気持ちとは裏腹に、しかし弘樹のキスは訪れない。

ざわめく教会内。

不審に思って目を開こうとしたとき、唇に柔らかくて生温かいものが押し当てられた。

ついに弘樹のキスが……と、うっとりしかけたところで、東十条家の主人である孝造《こうぞう》と、その妻である真理子《まりこ》の金切り声が響き渡る。

「孝徳っ⁉」

「何をなさっているの、孝徳さん⁉」

驚いて目を開けるが、弘樹の顔が近過ぎて何がなんだかわからない。離れようとしたら、余計にきつく抱き締められ、深い口づけを求められた。

「ん……ふっ……⁉」

ここで瑞希はようやく、周囲のざわめきと、弘樹の様子の変化に疑問を抱く。

（この匂い、唇の感覚、背の高さ——弘樹じゃ……ない？）

「孝徳さん！　いい加減、その娘から離れなさい‼」

（やっぱり——‼）

最悪の予感は的中した。

教会が騒然とするのも当たり前なことで、いま瑞希にキスしているのは、因縁の相手でもある東十条孝徳だったのだ。

力ずくで孝徳を押し退け、距離を取ってみれば、あまりにも大胆なことをしたというのに彼は不遜に口角を上げていた。

「な、なんで……⁉」

腕で唇を拭い、せめてもの抵抗を示す。

孝徳の隣では、弘樹が呆然《ぼうぜん》としていた。まさか孝徳が割って入ってくるとは思わなかったのだろう。それも当然である。これではふたりの結婚に異議があると言ったのと同じだったからだ。

孝造も真理子も家政婦扱いしている瑞希に、大事なひとり息子が夢中になっている事実など、とても信じたくないらしい。

夢中になる――瑞希が特に孝徳から離れたがっていたのは、このためだ。そう、孝徳は瑞希を手籠めにし、彼女の身体を奪い、心身ともに虐げてきたのであった。

そんな地獄からやっと逃げられると、これからはいままで不幸だったぶんの復讐《ふくしゅう》ができるのだと、そう信じていたのに――！

「父上、母上。瑞希は俺のものです。誰にも渡すつもりはありません」

不敵な微笑を浮かべ、孝徳はこの場にいる全員に向けて、きっぱりと言い切る。

「いつでも拘束することはできましたが、確実に瑞希の心を自分のものにするためには、今日という日がふさわしいと、このときを待ち続けていたのです」

俺しか、瑞希を心から愛せないでしょう。

どこから自信が湧いてくるのか、そういった文句を最後に、孝徳は瑞希を軽々と横抱きにかかえた。

「きゃっ……⁉」

突然の事態に驚いている間もなく、孝徳はバージンロードを出口に向けて歩き始める。まったく予想もしなかった事態に、周囲はもうざわめくことも動くこともできないでいた。

「ま、待って、皆が――ひ、弘樹が、私は、結婚……！」

あまりに急な展開にしどろもどろ言葉を継ぐ瑞希に、孝徳はにやりと笑い、絶望的な言葉を口にするのだった。

「瑞希を一生、俺の檻に監禁するつもりだ。もう二度と、ほかの男と結婚しようなんて思わないように。これからも俺だけの瑞希でいてほしい。君は俺と結婚するんだ」

それは人生で最悪のプロポーズ。

瑞希の自由で明るい未来はいま、こうして摘み取られた。

花嫁を略奪される形となった弘樹は、開いた口が塞がらないままふたりの背中を見つめていた。

また東十条家の面々は、東十条建設の次期社長と当主の座が決まっている孝徳の言動に逆らうことができず、ただただ見送ることしかできなかったのである。

第一章　東十条家の幼い家政婦

それは牧原瑞希《まきはら》がまだ幸せを感じられた、幼いときのことだ。貿易商を営む父が母を連れて外国に行っている間、瑞希は遠い親戚の東十条家に預けられていた。

その頃、東十条建設は瑞希の父から多額の融資を受けており、立場的に頭が上がらなかったという。瑞希は東十条家から最高のもてなしを受け、父と母がいない寂しさはあったが、誰もが好意的に接してくれたおかげで、楽しい日々を過ごせていた。

そんな折り、東十条家の夫人である真理子が目尻にしわを刻みながら、瑞希にうれしそうに話しかけてきた。

「明日には大学に通っている孝徳さんが長期休みに入るので、ここに戻って来ますよ」

「タカノリさん？」

「ええ、わたくしの大切なひとり息子ですわ。瑞希さんよりひと回りも年上ですけれど、きっと瑞希さんも仲良くなれるでしょう。なにしろ、完璧な子ですから」

「ふうん」

うふふと心からうれしそうに笑う真理子に、瑞希はつれない返事をした。

タカノリ――東十条孝徳の存在を初めて知った瑞希は翌日、珍しく寝坊してしまった。知らないひとが来るということが、潜在意識で緊張してうまく眠れなかったのかもしれない。

屋敷の面々がなぜか慌ただしく動き回っていたため、朝食を頼みそびれ、仕方なく庭に出て昼食の時間を待つことにした。

中庭に建つ東屋は季節の花々に囲まれており、蝶々《ちょうちょう》や虫たちが多く呼び寄せられる。さらに朱塗りの橋が架かった大池には鯉《こい》がたくさん泳いでいたので、いつまで見ていても飽きなかったのだ。

「その花が好きなの？」

あまりに突然、後方より声がかかり、瑞希はその場で跳び上がると、危うく欄干から転げ落ちるところだった。

「大丈夫か⁉」

青年の声が迫り、欄干を握る小さな身体が、うしろから支えられる。ふわりと漂うシトラス系のコロンの香りが鼻をくすぐり、瑞希は眩《まぶ》しげに振り向いた。

密着した青年の端正な顔が、心配そうに瑞希を見つめている。あまりに大きく澄んだ瞳に、瑞希は吸い込まれそうな錯覚に陥った。

（こんなきれいなおとこのひとがいるなんて……）

子供心に、そんなことを思ったことを覚えている。そして同時に、とくんと、生まれて初めて胸が高鳴ったことも。

それが〝初恋〟だと知るのは、もっとずっとあとの話になるのだが――。

青年は白いシャツに黒いズボンというシンプルな格好だったが、どちらも見るからに上質でとても高価そうに思えた。きっと既製品ではなく、特別に仕立てたものなのだろう。

生まれたときから両親のおかげで一流品に触れてきた瑞希には、そんなことがなんとなくわかるようになっていた。

「鯉を見ていたのかい？」

瑞希が落ち着いた頃合いに、彼は彼女から離れると、同じように欄干から池に向かって顔を出した。

太陽が反射してきらめく水面には、ゆらゆらと泳ぐ赤や白や黒、黄、まだら模様の鯉が見える。

しかし瑞希は首を横に振った。魚に夢中なんて子供だと思われるから嘘《うそ》をついた――というわけではもちろんなく、本当に彼女は別のものに目を奪われていたからだ。

「あれ、あのおはな……」

青年に話しかけるのは精一杯の勇気が必要で、声は覚えず尻窄《しりすぼ》みになってしまう。

なぜか頬は紅潮し、胸が熱く、青年のほうを向くことがためらわれた。

だからくだんの花を見ているふりをし続けていた。

本当は青年の顔を真正面からじっくりと見てみたかったし、もっと傍に寄って彼の素敵な匂いを嗅いでもみたかった。

そんな瑞希の複雑な乙女心を青年が気づくはずもなく、彼は言われた通り、池に浮かぶ花に目を移した。

「ああ……睡蓮《すいれん》か。意外な花に目をつけたんだね」

青年がくすりと笑ったものだから、恥ずかしいことだったのかと、瑞希は今度は違う意味でかあっと頬を赤らめた。

「あ、あのっ……だって、ほかのおはなはみんな、つちのうえでさいてるのに、あのおはなだけは、みずのうえにさいてるから……すごいっておもったの。それになにより、おおきくて、とてもきれいだったから……」

しどろもどろ口にすると、青年は微笑を浮かべ、優しい眼差しで瑞希を見つめてきた。

「じゃあ、好きな色の睡蓮を持っていくといいよ。明日には家に帰るんだろう？」

「えっ……」

しかし込み上げてきたうれしさは、一瞬でしぼんでしまう。

青年がなぜ自分のことを知っているのかはともかく、せっかく知り合えたばかりなのにもう東十条家を去らなければならないことに、がっかり感が拭えなかったからだ。それに気に入った睡蓮という花が水の上に咲いているため、簡単に摘むことはできないことに考えが行き着いていた。

「……いいの。おはなはあきらめる」

「なぜ？」

「だって、てがとどかないもの」

「そんなこと気にしていたのか」

くくっと青年は喉を鳴らすと、橋から下りて池の前に立った。何をする気なのか、靴と靴下を脱いでいる。そして何事もないように、青年は池の中に入っていったのだ。

「あ、あのっ⁉」

驚いた瑞希も橋を下りると、池の縁に駆け寄った。ざぶざぶと池を進む青年に向かって、慌てて叫ぶ。

「なつだからって、いけはつめたいですよ！　はやくもどってください！」

懸命に訴えるも、青年はどんどん池の深みに向けて歩き、足が付かなくなったようなところから泳ぎ始めた。

やがて睡蓮の花が咲き乱れる場所まで辿《たど》り着くと、少し考えた様子でひとつだけ摘み取って、今度はこちらに向けて泳いでくる。

瑞希はと言えば、はらはらすることしかできなかったが、何も言わず花を摘みに行った青年がスマートで格好良く見えて、ますます鼓動を高鳴らせていたのだった。

青年は池から上がると真っ先に、瑞希に摘み立ての睡蓮を差し出した。

「これ……」

（どうしてわかったのかしら？）

花を受け取りながら、瑞希は不思議そうに小首を傾げる。

青年は瑞希の心を読んだかのように言った。

「どうして〝白い〟睡蓮を持ってきたのか知りたいの？」

そう、睡蓮は赤やピンク、黄など、さまざまな色の花が咲いていたのだ。

素直にこくんと頷《うなず》くと、青年が笑う。

「白い睡蓮の花言葉は、純粋や純白を表しているんだ。君にぴったりだと思ってね」

「…………」

花の名前はおろか花言葉など知るわけもない瑞希だったから、白い睡蓮に惹《ひ》かれたのは偶然だ。もし青年から見て自分がそんなイメージだったら――そう考えると、やはりとくとくと自然に脈が速くなっていった。

「あ、あの、ありが――」

「まあ⁉　孝徳さん‼」

真っ赤な顔で俯《うつむ》き、礼を言おうとしたところで、しかし金切り声に阻まれた。

真理子が駆け寄り、瑞希から彼を引きはがすと、自らが羽織っていた薄手のショールを青年――孝徳に巻きつけた。

（このひとが、タカノリ、さん……！）

「どうしてこんなに濡れていらっしゃるの⁉　大事な時期なのに、風邪を引いたら大変ですわ‼　早くメイドをっ――誰か、誰か来てちょうだい‼」

きょろきょろと忙しなく周囲に目をやり、ここでようやく真理子は瑞希の存在に気づく。

「あっ、ああ、瑞希さん。ごめんなさいね。孝徳さんをご紹介したいところだけれど、またあとでゆっくりでもよろしいかしら?」

「は、はい……でも、あの――」

しかし真理子は瑞希の返事を最後まで聞くことなく、孝徳の肩を抱きかかえながら、彼とともに屋敷のほうに戻っていった。

(わたしのせいだって、あやまりたかったのに……)

それにしてもと、瑞希は改めて白い睡蓮を見つめながら、孝徳を想う。

(あんなにかっこよくてすてきなひとがこのよにいるなんて……)

明日には東十条家を去る予定の瑞希だったが、せめて夕食や朝食の席でまた話せればと、つい心から願ってしまった。

(またあいたい……おはなししたい……こんなきもち、はじめてだわ)

心臓はドキドキするし、頬は熱くほてる。

両親からなんでも与えられて不自由したことのない瑞希だったが、彼にもらった白い睡蓮の花こそが彼女にとってどんな高価なものよりも宝物に思えた。

東十条家が当時の牧原家に頭が上がらなかった理由は、何も金銭的援助のみに関することだけではなかった。いずれ孝徳が継ぐ東十条建設の社長としてグローバルな視野を手に入れるため、真理子は息子に海外留学をさせたがっていた。その面倒を全面的に見ていたのが、たとえ遠縁でも親交があり、海外に伝手のある牧原家だったのだ。

牧原家——瑞希の両親は進学先の英国に孝徳を送ってあげただけでなく、土地勘のない孝徳のためにしばらく英国にとどまり、さまざまな手助けをしていたという。しかしそのさい、不幸なことに瑞希の両親が乗っていた車が事故に遭い、ふたりは帰らぬひととなった。

外国で仕事をしていた両親は祖父母や兄弟と疎遠だったため、ひとり残されることとなった瑞希には近しい親族がいなかった。さらに両親の会社はそのころ利権争いをしていた現地の法人に二束三文で買い取られてしまい、瑞希の手にはわずかな金品しか残らなかった。

このことを孝造や真理子が不憫《ふびん》に思ってくれたのか、はたまた借金の返済がなくなっただけでなく瑞希の持つ小金すらむしり取ろうとしたのかはわからなかったが、とにかく表面ではひとり残された瑞希に同情したらしく——と言っても、孝徳に責任があるとはつゆほども思っていないようだったが——、正式に東十条家に引き取られることになった。

孝徳はそれから六年、冠婚葬祭——例えば牧原家の故夫妻の一周忌など——でも海の向こうにある英国から一度も戻って来ることはなかった。

だから瑞希は、余計に彼を恨まずにはいられなかった。

両親の事故に孝徳が関わっていたのはまったくの偶然に過ぎなかったが、少しも悪かったという気持ちを持つことなく、のうのうと外国に逃げて、呑気《のんき》にも勉学に励んでいるらしい彼が憎くて仕方ない。

そんなふうに心がざわめくたび、瑞希は両親の墓の前で手を合わせるようになった。ふたりがもういないことがどうしても受け入れられず、涙を流しながら、彼らとの思い出に浸る。

そしてある日、毎年なぜか墓前に白い花が供えられるようになったことに気づいた。

それはあの思い出の睡蓮を模したような花だったが、無記名なので差出人が誰だかはわからなかった。少なくとも恩義を感じていない孝徳やその関係者でないことだけは推測できていたし、元よりそれについて深く考えるような心の余裕もなかった。この頃の瑞希には花などなんの意味もなさなかったから、差出人を知りたいとも思わなかった。

あの睡蓮の白い花のように、まっさらで純粋そのものだった瑞希の心は、こうして年を重ねるごとに、次第に深く暗く沈んでいく。

それとともに東十条家の牧原家に対する恩は薄れていき、瑞希はやがて疎まれる存在になっていった。成長するにつれ可愛げがなく、扱いにくい、面倒な子供だと思われるようになっていたのだ。

それは徐々に真理子の態度に表れることになった。

「瑞希さん、うちに来てからもうだいぶ経ちますから、そろそろ家のこともなさってくださらない？」

「家のことって？」

訝《いぶか》しげに首を傾げると、真理子がぴしゃりと言う。

「その軽々しい言葉遣いもいい加減、直してくださいな」

「……………」

瑞希が黙すと、上から見下ろすように命じてきた。

「うちは広い家なのですから、掃除や洗濯などの家事がたくさんあるのですよ」

「……で、でも、それは家政婦さんが――」

いままで東十条家の家政婦に世話をしてもらっていた瑞希だったから、戸惑ってそう答えると、真理子の顔が険しいものに変わる。

「いつまで客人のつもりでいるのです？　あなたは東十条家に頼らざるを得ない身なのですから、しっかりその恩を形で返しなさい」

やり方は家政婦長に聞くようにと、真理子はさっさと瑞希に背を向けて去ってしまう。

「…………」

瑞希は自分の境遇を呪いたくなったが、真理子の言う通り、頼れる場所がほかにないのだから、言うことを聞くほかに選択肢はなかった。

それから瑞希の生活は一変する。

幸い女子校の中等部には通わせてもらっていたので、学校にいるときだけは気が抜けたものの、土日や祝日は一日中こき使われていた。

家政婦長の命令で早朝に起きることになり、東十条家の人々が起き出すまでに屋敷中のカーテンや障子を開けて回って、廊下を掃除機で隅々まで掃いてから雑巾がけをする。真冬の極寒の中でも冷たい水を使うよう強要されていた。

それから朝食の準備を手伝い、東十条家の面々が食堂にそろうと、傍で給仕する。自身が食事を摂れるのは、それからずっとあと、後片付けが終わってからである。これまでは東十条家の人々と同じ料理を食べていたのに、固いパンとチーズ、牛乳が与えられるのみになった。

休む間もなく洗濯機を何度も回し、合間合間にそれを布団とともに干しつつ、広い屋敷の各部屋の掃除にかかる。

昼食の準備と片付けが終わったら、ほとんど休めない短い昼休みだ。それから布団を取り込み、各部屋のベッドメイクをする。一度真理子のベッドシーツの端が汚れていただけで酷く叱責されたので、それからは真理子の洗濯物には特に気をつけるようにしていた。

そんな真理子はことあるごとに瑞希を呼びつけ、ドレスや着物の管理をさせたり髪を結い直すのを手伝わせたりと、彼女に休む間を少しも与えようとしなかった。外出先にも付き人として同伴させられることも多く、瑞希は完全に家政婦に成り下がっていたのだ。

さらに意地悪なのは、何も真理子だけに限らなかった。

一度は瑞希に仕えていたはずの年かさの家政婦長は、ここぞとばかりに瑞希を邪険に扱い、面倒な仕事を与えられることが多かった。例えばゴミ捨てや郵便局、銀行、クリーニング店へのおつかい、わざわざ重いものの買い物にひとりで行かされるなど、やはり瑞希に休む暇はなかった。疲れきって座り込むと、途端に注意されてしまうので腰を下ろすこともできない。

東十条家の面々だけでなく、家政婦たちも、かつては良家のお嬢さまとして羨まれていた瑞希を厄介者としており、誰にも愚痴を吐くどころか本音を共有できる相手もいないという、孤独で寂しく、つらい日々を送っていた。

瑞希は持ち前の強さでどんな仕打ちにも負けなかったが、それがまた真理子や家政婦長、そのほかの者たちの癪《しゃく》に障ったらしい。日ごとに、ますます虐げられるようになっていくのであった。

そんな扱いを受けてなお、瑞希が負けないでいられた理由――それは孝徳への復讐心《ふくしゅうしん》だった。瑞希の心を唯一奮い立たせていたのが、孝徳を憎むことだったのである。

（いつか、ぜったいに東十条孝徳に復讐してやる……！　両親の仇《かたき》……!!）

その機会は、覚えず早く訪れた。

瑞希が十八歳になったばかりの、雪が降る、特に寒い日のことだ。

部屋を使用人専用に移されたことで、寒さに震えて寝つきが悪く、結果的に寝坊してしまった。真理子や家政婦長の叱責を恐れつつ、そっと部屋から出ると、東十条家の屋敷が慌ただしさに包まれていた。

ばたばたと廊下を走る家政婦のひとりに声をかけるも、今日は余計なことはしないでいいと言われてしまう。部屋でおとなしくしているようにとも釘《くぎ》を刺された。

空腹だったが朝食は期待できそうにない。ゆえに昼食までどこかで時間を潰そうと思ったとき、ふいにこの状況に既視感を覚えた。

(ひ、東十条孝徳が——帰ってくる……⁉)

直感が、瑞希の足を速める。

大きめの傘を探してから、中庭に出た。

すると間もなく、うっすらと白く積もった雪の上に、東屋に向かう足跡を見つけた。男の革靴のような大きさと形だ。

(間違いない……！　これはぜったいに——‼)

足跡の上を歩き、垣根を越えたところで、東屋で雨宿りするような大きな男の背中が見える。上等なスーツ姿の彼は、しんしんと降り続ける雪に目を奪われているように思えた。

瑞希は男の背後に静かに近づくと、何度も頭の中でシミュレーションしてきたように、まずは笑顔を貼り付け、明るく声をかけた。

「孝徳さん、こんにちは！」

すると男——東十条孝徳は振り向き、驚いたように大きく目を見開く。相変わらずの端正な顔が、さらに大人になったことにより、どことなく威厳が増したように感じられた。

「君は……もしかして、瑞希ちゃん？」

「あら、私を覚えてますの？」

くすくすと、学校でよく友人がそうするようにかわいらしく微笑むと、孝徳が相好を崩す。

「もちろん。ここで君に睡蓮の花を渡したことが昨日のようだよ」

「まあ、孝徳さん。私はもうとっくにあの頃とは違って、大人になりましたのよ」

ふいに流し目で見つめると、孝徳はわずかに動揺したのか、瑞希にもわかるぐらい大きくごくりと喉を鳴らして唾を飲み込んだ。

かかった……！　と、心の中で歓喜の声を上げる。

瑞希の考える復讐とは、何も自分と同じ境遇になるよう孝徳の両親を殺そうなどという、恐ろしいものではない。孝徳の両親が目をかけている大事なひとり息子を、なんの後ろ盾も縁故も金もない小娘に夢中にさせ、結婚に持っていく。そして東十条家の全財産の権利を瑞希に移してから離婚してやるのだ。

つまり憎い東十条家から、すべてを奪おうという算段である。

当たり前にあるはずだった自分の両親の未来が失われたことに比べれば、そんなことでさえ微々たる復讐でしかなかったが、それがいまの瑞希に考えられる精一杯だった。

「ここは寒いですよ。昼食の準備が整うまで、私のお部屋にいらっしゃいませんか？」

そう言って傘を向けると、孝徳が今度ははっきりと狼狽《ろうばい》した。

「……瑞希ちゃんの？　さすがに年頃の娘さんの部屋は――」

忙しなく周囲を見回す孝徳を前に、瑞希が再びくすくすと笑う。

「いやだわ、孝徳さん。私なんて妹みたいなものではないですか。それに見せたいものがあるんです」

「見せたいもの？」

「ええ。実はあの白い睡蓮、加工してもらって、いまでも取ってあるんですよ」

「まさか、いままで取って置いてくれたのかい？」

感動とも興奮とも驚きともつかない顔で、孝徳が聞いてきた。

瑞希がうっすらと微笑みながら頷く。

「私の宝物ですから」

「瑞希ちゃん……」

孝徳は傘を受け取ると、瑞希の真横につき、彼女が濡れないよう密着してふたりで歩き始めた。

背の高い彼の横顔は、寒さと興奮からか頬が朱に染まっている。

初々しい孝徳の様子に満足しながら、瑞希は寄り添うように彼の腕にしがみついていた。

温かい彼の熱が服越しに伝わり、思わずとくんと心臓が跳ねる。

（あの頃とは違うのよ、瑞希）

瑞希は自分に言い聞かせていた。その音こそが、復讐の始まりを告げていたからだ。

こざっぱりした瑞希の部屋を見回しながら、当たり障りのない会話をしようとしたのか、孝徳が言った。

「瑞希ちゃんは進学するの？」

「ええ……国立なら行かせてくれると、おばさまがおっしゃっていたから」

すると孝徳は驚いたように目を見開く。

「国立ならって……牧原さんたちの遺産はすべて、君のために使えるよう、うちの両親が預かっていたはずだよね？」

「ふふふ、そうですね。そのお金はいったいどこへ行ってしまったのかしら」

「………………」

瑞希が意味ありげに笑うも、孝徳は黙して考え込んでしまった。

「ほら、これですわ」

気まずい空気を払うようなタイミングで、クローゼットに入っていた箱から加工された白い睡蓮を取り出し、孝徳に見えるよう差し出す。

「業者さんに頼んで、素敵に加工してもらったんです」

「本当だ。まるで摘みたてのように瑞々しいね」

「そうでしょう？　あのときのままで残しておきたかったから……」

上目遣いに孝徳を窺《うかが》うと、彼は理性を抑えているのか、ふいに顔を背けた。しかしそこに敷きっぱなしの布団があったものだから、結果的に大きく目をみはることとなる。

瑞希は孝徳の動揺を誘うため、わざと布団をそのままにしておいたのだ。

「孝徳さん？」

そっと孝徳を見上げれば、彼は口元を手で覆い、ふるふると首を横に振った。

「……そろそろダイニングルームに行こう」

「もう？　まだ、お話が――」

瑞希のそんな台詞が、どん！　という音とともに途切れる。

「た、孝徳さ……っ」

気づけば瑞希は、孝徳によって壁際に押し付けられていた。

焦ったのは瑞希のほうだ。孝徳を自分に夢中にさせることが復讐であったはずなのに、自分よりも圧倒的に強い力を持つ腕に閉じ込められ、逆に動揺してしまう。

「そんなに誘われたら、これ以上は、止まれないよ？」

不敵な笑みを浮かべ、孝徳が挑発的に言った。

瑞希はくっと息を詰め、ぎらぎらと光を放つ孝徳の獰猛《どうもう》な瞳を見つめる。

（これでいいのよね？　東十条孝徳が私に夢中になれば、私の復讐は成功するのよね？）

しかしその自問に答えてくれる相手はいない。

明らかな貞操の危機を前に、ただただ心臓の鼓動を速めるしかない。それが緊張か興奮か、瑞希には判断がつかなかった。

呼気が混じり合うぐらい近くに孝徳の顔を据え、瑞希は思い出した。

(ああ……この顔、瞳、声……私はあのとき、確かにこのひとに恋をしていたのだわ……)

それは遠い昔のこと。初恋は復讐に代わり、瑞希の心を絶えず締め付けている。

もう香りを持たないはずの加工された睡蓮が、ふわりと芳香を放った気がした。

誰にも触れられたことのない身体を、孝徳の優しくも執拗《しつよう》な愛撫《あいぶ》でぐずぐずに蕩《とろ》かされ、結果的に純潔を捧げるに至った瑞希には、孝徳を見事に自分に夢中にさせたという満足感や充実感は欠片もなかった。

(これで復讐ができると思っていたのに……!)

なぜなら孝徳はそれ以後、留学を終えて東十条建設に入社するため、東十条家の屋敷で暮らしていくことになるのだが、東十条家全体から家政婦扱いされるようになったと同じくして、孝徳には性的・心的に彼の檻《おり》の中に閉じ込められることになったからだ。

瑞希を破瓜《はか》の痛みで苦しめたあと、孝徳は当然のように彼女を自室に呼び出した。

「ねえ、瑞希。提案があるんだ」

「…………」

孝徳を警戒して距離を取りながら、瑞希は黙って彼の台詞の先を待った。

椅子に座った孝徳は長い足を組み直し、その提案とやらを明らかにする。

「これからは同じ屋根の下で暮らしていくのだから、俺たちはもっと仲を深めるべきだと思うんだ」

「――っ⁉」

最初に浮かんだ感情は、認めたくはないが恐怖だった。それが婉曲《えんきょく》な表現であることは、さすがにウブな瑞希だってわかっている。

（またあんなことを私にやれと……⁉）

愕然《がくぜん》と、そして呆然《ぼうぜん》とした。しかしすぐに復讐心が思い出され、懸命に頭を切り替えた。

（孝徳さんを籠絡して、結婚して、全財産を奪うことが私の目的だったはず……！　ならばこれは、千載一遇のチャンスと捉えるべきなのではないだろうか……！）

復讐を果たすための条件は、すでにそろっていたのである。だから次の瞬間には、こう口を衝いて言葉にしていた。

「私もそう思います」

しかし間もなく、自分の考えの甘さに気づかされる。

孝徳が忙しい時期は週一回程度で済んでいた呼び出しも、彼の気分によっては毎日になることもあった。日に数度ということも。それは会話だけで済むこともあったし、部屋に入った途端に布団に押し倒されることもあった。不慣れな瑞希からのキスや愛撫を強要されることも……。

孝徳は瑞希を常に大事に扱っていると思っていたようだが、瑞希自身にとってそれは奴隷も同然だった。

(どうして、どうして復讐がうまくいかないの……⁉)

確かに瑞希に夢中にはなっていたが、ひと回りも年齢の離れたやり手の孝徳を思い通りにできるなど夢のまた夢で、結婚して財産を奪う計画が進むはずもなく、ただ彼の人形と化すしかなかった。

孝徳は真理子が望んでいるように、いずれどこかの大企業の令嬢と結婚するのだろう。そして東十条建設の社長となり、順風満帆な人生を歩んでいくのだ。

そのとき瑞希にどんな選択肢が与えられるかはわからなかったが、できることなら東十条家を出て、孝徳のいないところで、ひっそりとひとりで暮らしたいと思っていた。

(大学に行かせてもらえただけ、私は恵まれていたんだわ)

いつしかそう諦念を抱き、復讐心を燻《くすぶ》らせながら、大学を卒業する春を待つ。

無事に進学できたのは、孝徳から真理子への口利きによるところが大きかったのだが、彼に感謝する必要はなかった。

孝徳は瑞希にそうしたわずかな自由を与えることで、瑞希の心を自分に向かせ、服従させようとしていたからだ。孝徳は真性の変態だと、瑞希は密かに思っている。

（自分しか頼れる者はいないと思わせる、一種の犯罪心理だわ……）

打算的な孝徳の思惑には決して呑《の》まれまいと、瑞希は心の中でだけ抵抗を続けている。

しかしそれ以上は望めないだろうと諦めてもいた。

（傷ものの私がこの先誰かと結婚できるなんて、もう希望は持たない）

広いはずの東十条家の狭い檻の中、瑞希はそこから出られさえすればいいと、それだけを願うようになっていた。檻の鍵だけが唯一、瑞希を救うことができるのだ。

そんな瑞希が大学を卒業する年、ある転機が訪れるのであった。

橋の中央に立ち、中庭の大池を見つめる。今年も睡蓮が咲き、水面は華やかだ。けれど睡蓮を見ても、幼い頃の心が踊るような気持ちはもう湧いてこない。あのとき確かに孝徳に恋心を抱いていたはずの瑞希では、もうなかった。

「睡蓮が好きなのですか？」

醒めた目で睡蓮の花々を見下ろしていたら、ふいにうしろからそう声をかけられた。

驚いて振り返ると、そこには東十条家に来たばかりの庭師が立っている。

なぜか言葉とは裏腹な緊張を含んだ顔を向けられ、瑞希は不思議に思った。

（前任者が引退したから、その孫が来たとは聞いていたけど……確か名前は――）

「ああ、すみません。自己紹介が遅れました。僕は弘樹、岩崎弘樹と言います」

「瑞希です」

それだけ言ってすげなくこの場をあとにしようとするも、弘樹が行く手を塞いでいる。

瑞希の次の台詞を待っているようだった。瑞希は仕方なく、溜息《ためいき》混じりに答えた。

「睡蓮は好きでしたけど、いまはもう好きではないんです」

「そうなんですか？　いつもここで睡蓮を見ていたから、僕はてっきり――」

そこで弘樹は自分が何を口にしたのかに気づいたのか、かあっと頬を赤らめた。

「い、いつも見ていてすみません！　こんなの、気持ち悪いですよね……？」

おそるおそるといった態で聞いてくる。

瑞希は興味なさげに返答した。

「え？　いいえ、別に……」

特別な感情などなかったが、純朴な青年そのものの岩崎弘樹を前に――年齢は四つほど上だと真理子が言っていた――、瑞希はわずかながらも心を許そうという気持ちになれた。

自然と笑みが込み上げ、口角を上げる。

すると弘樹が、つられたように柔らかく微笑んだ。

「やっぱり、笑顔が似合う」

「え――」

「いつもつらそうに俯いてたから……笑ったら素敵だろうなって、ずっと思ってたんです」

弘樹の言葉が呑み込めず、ぱちぱちと目を瞬いていると、唐突に彼が橋を下りる。それから何を思ったのか、ざぶざぶと池に入っていった。

慌ててあとを追う瑞希。

「ちょっ、あなた……!?」

既視感を覚えていた瑞希を尻目に、弘樹がなぜか睡蓮の花ではなく葉を摘み取っていく。

「こうやって間引く必要があるんです」

「えっ!?」

聞き取れるように耳を傾けると、彼が説明してくれる。

「睡蓮はある程度、水温が上がっていくと生育が活発になります。葉が水面を覆い尽くしてしまう前に、古い葉や小さな葉を取るんです。そうするとつぼみが付きやすくなります」

「…………」

なるほど、睡蓮を摘みに行ったわけではなく、庭師として手入れしているのかと、瑞希はようやく腑《ふ》に落ちた。

「あのっ……庭師のお仕事、大変ですね！」

そう声をかけたら、弘樹は笑った。

「いいえ、この家に来られてよかった。あなたに出会えたから」

「――っ!?」

途端に瑞希の胸のうちが、じんわりと温まっていく。初めて抱くような、いや以前孝徳に感じたときと同じような気持ちが、自然と思い出された。

（これは……恋なのかしら……？）

その問いの答えは、もう間もなく見つかることになる。


それから瑞希の人生は、少しだけ明るいものに変わった。弘樹は真理子から瑞希の立場について聞かされているらしかったが、瑞希の説明のほうに耳を傾けてくれていた。だからこそ、大学を卒業してからは完全に東十条家の家政婦、そして孝徳専属の愛玩具だったにもかかわらず、弘樹という存在が瑞希を慰めてくれるようになったのだ。

例えば廊下の掃除をしているとき、中庭の手入れをする弘樹と目を合わせ、ふたりで微笑み合う。たったそれだけでも、今日もがんばろうという気になれた。

また庭師には庭師専用の小屋があるのだが、食事は母屋の家政婦たちと同じメニューだったので、瑞希は皆が面倒臭がる食事運びを積極的に引き受け、弘樹と言葉を交わすことを楽しんでいた。

ふたりが互いを友人以上に思うことに、そう時間はかからなかったのである。

ある日の夜、庭師の小屋へ食器を下げに行ったさい、弘樹に呼び止められた。

「瑞希さん」

「は、はい？」

尋常ではないぐらい顔を赤く染め、汗をかいている弘樹を前に、瑞希はその先の予感に胸を高鳴らせる。

（こ、この状況って……もしかして――？）

瑞希はずっとこのときを待っていたから、心の準備はできていたはずなのに、気づけば自分もまた弘樹のように頬が熱くなっていた。

ふたりして俯いてしまう。

そんな初々しい空気の中、弘樹が意を決したように言った。

「瑞希さん、好きです！　どうか僕と付き合ってくれませんか⁉」

「――っ⁉」

瑞希は顔を上げ、弘樹を見る。

弘樹は恥ずかしさからいますぐ逸らしたそうな顔を、瑞希に一生懸命固定させていた。

そんなまっすぐな弘樹の気持ちがうれしくて、瑞希はつい即答しそうになるも、慌てて自分を諫《いさ》めた。

「……き、気持ちはとてもうれしいです。でも、私は――」

頭に浮かぶ、孝徳の勝ち誇ったような顔。

彼の愛玩具である限り、穢《けが》れた自分は、純粋そのものの弘樹にはふさわしくないように思えた。

再び俯いてしまった瑞希の手を、ふいに弘樹が取った。

瑞希は顔が上げられず、代わりに両の瞳に涙が浮かんでしまう。見られないように努力していたつもりだったが、ぽたりと床に落ちた涙に、弘樹が気づかないわけがなかった。

「瑞希さん。僕が幸せにすると約束します。たとえいまがつらくても――」

「弘樹、さん」

それは瑞希の境遇を知っているということだろうか。さすがにその言葉だけでは予測できなかったけれど、瑞希が東十条家の中で虐げられていることは、弘樹も承知の上だ。

「僕と一緒に、これからの人生を生きていきませんか?」

安心させるように微笑む弘樹の顔を、瑞希は真正面から見つめた。

濁りのない、その澄んだ瞳に、瑞希は吸い込まれそうになる。そして気づけば、次のように口にしていた。

「私なんかでよければ……よろしくお願いします」

「ああっ、瑞希さん!」

がばっと、弘樹が抱きついてきたので、瑞希は驚く。汗と土の匂いが、鼻腔《びこう》をくすぐった。

(孝徳さんのシトラス系のコロンとは違う、弘樹さん自身の優しさを表したような、自然の、素敵な香り……)

最初こそあったわずかな違和感は、すぐに上書きされる。

瑞希は頬を弘樹の肩に乗せ、彼を抱き締め返した。

弘樹と交際するようになってから、瑞希は本来の明るさを取り戻していった。

真理子や家政婦長に意地悪されても、受け流せるほど余裕が生まれたのだ。

どんなにつらいことがあっても、弘樹の存在がすべて緩和してくれる。初めてまともな恋愛をした瑞希は、未来への希望を見出せるようになっていた。

それまでは復讐のために孝徳と結婚して財産を奪おうと考えていたのに、弘樹と結婚して幸せな家庭を築くことこそが死んだ両親への最高の弔いになるのでは——と、思い直してまでいた。

真理子の部屋に呼び出されたのは、そんなある日のことだった。

「瑞希さん。最近、庭師と個人的なお付き合いがあるそうですわね？」

なんてふしだらな！　と、声を荒らげられるも、瑞希は屈しない。

「岩崎弘樹さんです。私は彼のおかげで、いまの生活を続けられているんです」

「それは、わたくしたちがあなたを虐げているとでもおっしゃりたいのかしら？」

「いいえ」

それは事実だったが、瑞希は否定した。なぜなら真理子の気分を害するわけにはいかなかったからだ。真理子に交際のことがばれたら、絶対に伝えようと思っていたことがあった。

「私は弘樹さんと生きていきたいと思っています」

真理子がきつく眉根を寄せる。

「それは結婚したいということ？」

「い、いえ！　そこまではまだ考えていません！　そうではなく、一緒にいさせてほしいんです!!」

「…………」

真理子はしばらく黙していたが、ややあって考えが固まったのか、神妙な面持ちで呟《つぶや》いた。

「……それなら、孝徳さんを小娘の毒牙から守れますわね」

「はい？」

聞き取れなかったのでそう言うも、真理子は「なんでもありません」と前置く。

「いいでしょう、ふたりの交際は認めます。ただし不純な行為は許しませんよ。あなたは嫁入り前なのですから」

「ありがとうございます！」

ぱあっと顔を輝かせ、瑞希は何度も頭を下げた。心の中では、別の相手との不純な行為について考えていたのだが。

（弘樹は私に何も手を出してこない……それはきっと――）

「このことは、主人だけでなく孝徳さんにも報告をしておきますからね」

「えっ、あ、は、はい！　よろしくお願いいたします」

思い出したように礼を言うも、頭の中は弘樹と孝徳のことでいっぱいだった。

（きっと私がいまでも孝徳さんの呼び出しに応えているから……夫人も気づいているんだわ。だから私から孝徳さんを遠ざけたいんだ。でもそれは好都合よね）

真理子が孝徳に、自分と弘樹の関係を話せば、孝徳はむやみやたらに自分を呼び出すことをやめてくれるかもしれない。瑞希はそんな一縷《いちる》の望みに懸けていた。

（弘樹と心から向き合うためには、孝徳さんとの関係を断ち切る必要がある）

ここに真理子が介入すれば、きっと状況は変わるだろう。

真理子の説得を受ければ、孝徳だってこんな小娘を相手にする愚かさを思い出し、次期社長としてふさわしい女性を選ぶようになるに違いない。

そうして瑞希は仕事に戻っていった。大学を卒業してからは完全に家政婦の仕事が生活のほとんどを占めていたが、これからは新しい風が吹いてくるはずだという希望を持って。


しかし瑞希の思惑に反して、孝徳の呼び出しは続いていた。どうしても勇気が出なくて、弘樹にそのことについて話したことはなかったが、彼はうすうす気づいているだろうと瑞希は思っていた。

なぜなら弘樹はキスどころか、手を繋《つな》ぐこともしない、清い距離感を保っていたからだ。

孝徳に無理やり服従させられている瑞希を救い出そうと、弘樹なりに足掻《あが》いているのだろうと瑞希は思っていたが、彼女の知らないところでそれは起きていた。

あとで知ることになるのだが、孝徳は弘樹が東十条家にやってきた当初から、彼を牽制《けんせい》していたらしい。いわく「牧原瑞希は俺だけのものだから、決して手を出してはならない」と。

だからということもあり、弘樹は瑞希と身体的な距離を置いていた。

孝徳の不興を買って職を失ったら、瑞希を幸せにできないと考えてくれていたのだろう。もしかしたら孝徳の呪縛から解放させるために、絶対に自分を傷つけないと心に決めてくれていたのかもしれない。いつかはふたりで生きていくという希望を持ちながら――。

孝徳は孝徳で、おそらく真理子から瑞希と弘樹との関係を聞かされていたに違いないのだが、そのことについてはいっさい触れてこなかった。どこから湧いてくるのか、絶対的な余裕と自信があるようで、激しく瑞希を抱いてきた。ときには見える場所に、唇で鬱血痕を残されることも。

孝徳がいったい何を考えているのかわからないので、常に不安が付きまとったが、真理子は体のいい厄介払いができると思っているのか、はたまた孝徳から瑞希を引き離すためか、積極的に瑞希と弘樹の応援をしており、ことあるごとに結婚を勧めるようになった。

弘樹との結婚を考えないわけではなかったが、傷ものだという自覚のある瑞希は、素直に彼との結婚生活を思い描くことができなかった。弘樹だって、孝徳に服従し続けている女など、結婚相手にふさわしいと思ってくれるとは思えない。

さらに厄介なことに、身体を調教・開発され続けた瑞希は、孝徳との性行為に段々と悦びを見出すようになってしまっていた。最初は恐怖のあまりまったく濡《ぬ》れなかった秘所も、いまではキスされるだけでじゅんと潤っている。

心では弘樹が好きなのに、身体は孝徳を求めてしまう。

心と身体の乖離《かいり》に、瑞希は苦しんでいた。

(もうこんな生活、限界なのかもしれない……私はいったいどうしたらいいんだろう――)

男ふたりはそんな瑞希の変化に気づいているのかいないのか、今日も今日とて彼女を奪い合うのであった。


そんな中、瑞希はぶじに二十四歳の誕生日を迎えた。

「瑞希、誕生日おめでとう」

「ありがとう、弘樹」

中庭のいつもの橋の上、瑞希と弘樹はそろって大池を眺めていた。今年も睡蓮が咲き乱れ、水面を美しく彩っている。

弘樹との出会いがあったからか、瑞希はまた睡蓮が好きになっていた。

あれから約一年、順調な交際は瑞希の凍りかけていた心を溶かした。

相変わらず孝徳の存在のせいで完全に思い通りにはならなかったけれど、弘樹とはプラトニックだがいい関係が続いている。身体はともかく、心は結びついていた。

弘樹は誕生日プレゼントだと言って、黒い小箱を差し出してきた。

「うれしい。何かしら?」

その形状から、瑞希は期待せずにはいられない。

小箱を受け取ると、深呼吸して胸のドキドキ感を懸命に抑えた。

「開けてみて」

はにかむ弘樹の様子から、高いとは言えない庭師の給料からやりくりしてがんばってくれたのだろうと想像して、瑞希は顔を綻ばせる。そして少なくない幸せを嚙《か》み締めていた。

「わかった」

外装を破り、蓋の部分を押し上げる。すると中には、かわいらしい指輪が収められていた。

指輪の可能性も頭の中で思い描いていたのに、瑞希は驚きに目をみはる。

「……っ」

震える手で指輪を取り出すと、シルバーリングの中央に小さなダイヤモンドが輝いていることがわかる。さらに縁には、瑞希と弘樹のイニシャルが彫り込まれていた。

「こ、これって――」

弘樹のほうを向くと、彼はいつの間にか片膝を突いてこちらを見上げている。

「瑞希。僕と結婚してくれないか?」

弘樹は真剣な目で、そうプロポーズしてきた。

いろいろな感情がない交ぜになり、熱い奔流となって瑞希の心をかき乱す。

「こ、こんな私でいいの？　だって私は、孝――」

思わず孝徳との関係を口にしそうになったが、弘樹が言葉をさえぎった。

「いいんだよ、瑞希」

彼は瑞希の左手を取ると、彼女が小箱から出していた指輪を、華奢《きゃしゃ》なその薬指にそっとはめていく。

ぴったりと収まった婚約指輪を感慨深く見つめる瑞希に、弘樹が言葉を続けた。

「どんな瑞希でも、僕は受け止める準備がある。実は付き合い始めた一年前から、この気持ちは変わっていない」

「弘樹……でも――」

穢れた自分でも本当にいいのか、自信が持てなくて、瑞希は俯く。すると左手薬指の指輪がきらりと光っているのが見えた。自然、涙が浮かんでくる。

（私が純潔だったら、きっとこんなことでためらわないで済んだのに――！）

しかし弘樹は、立ち上がって瑞希の目元を指先で拭い、「泣く必要は少しもないんだよ」と言ってくれる。

そして、

「愛しているんだ、お前を」

彼はついに心からの愛を誓った。

「ひ、弘樹ぃ……っ」

感極まり、瑞希の双眸《そうぼう》からは滂沱《ぼうだ》と涙が流れていく。

（こんな私でも、誰かを愛し、愛されることが許されるの……⁉）

「幸せにさせてくれないか？　幸せになろう、ふたりで」

孝徳との関係を知った上でなお、弘樹は瑞希と結婚したいと言うのだ。瑞希の負担にならないよう、自身はいっさい彼女に手を出さないまま、今日という日を迎えることになった。

この一年、どれだけ彼が傷ついたか、瑞希には計り知れない。それでも弘樹は最後まで寛容で、器の大きな彼氏だった。

だからこそ弘樹を幸せにすることが自分の贖罪《しょくざい》だと、瑞希は思う。

こんなにも心の広い男性は二度と現れないと、気づけば瑞希はそれ以上の思考を放棄して頷いていた。

「もちろんよ、弘樹。こんな私なんかでよければ……！」

するとぱっと弘樹の顔が輝き、ほっとしたように感じられた。孝徳のことがあったから、瑞希が承諾するかどうか不安だったに違いない。

手を取られたことで、弘樹の熱と汗が手の平から伝わってくる。

緊張と興奮が、互いの頬を上気させていた。

ふたりは真面目な顔を見合わせ、ゆっくりと距離を詰めていく。

そしてそっと、互いの背中に手を回して、抱き締め合った。

「すばらしい妻とたくさんの子供たちに囲まれて暮らすことが僕の夢なんだ」

ぎゅっと両手で包み込まれ、そう耳元でささやかれると、とても安心する。弘樹とともに歩むこれからの人生は、とても明るいものに思えた。

（今度こそ私は自由になれるんだ……！）

孝徳から。そして東十条家から。

本当にあった瑞希のシンデレラストーリー。

左手の薬指にはまった指輪が太陽の光を受けてきらきらと輝く。その輝きに負けないぐらい眩しい笑顔で、ふたりはこの瞬間の幸せを噛み締めていた。

＊　＊　＊

「どういうつもり？」

教会に現れた孝徳に自ら借りたという高層マンションの一室に連れて来られ、瑞希はソファに下ろされた。

部屋の空調設備を確認しながら、孝徳はなんでもないように瑞希の問いに答える。

「どうもこうも、さっき俺が言った通りだ。君は今日から俺と、ここで暮らすんだよ。落ち着いたら、籍を入れよう」

「冗談はやめて」

強い言葉遣いで、さらに瑞希は孝徳を睨《にら》み付けたが、彼は少しも動揺していないらしい不敵な笑みを浮かべ、瑞希の次の言葉を待っていた。

言いたいことが言えるぐらいの自由はあるのだと瑞希は感心しつつも、きつい目で孝徳を見つめたまま、はっきりと言い切る。

「私は弘樹と結婚するの。だからいますぐ教会に帰して」

「それは無理な相談だな」

ソファの前に立ち、孝徳が瑞希を見下ろした。

「瑞希が俺との結婚に〝うん〟と言うまで、ここから出すことはできないよ」

「それは監禁だわ……!!　そんなことが許されると思ってるの!?」

驚愕に目を見開き、震える口であり得ない事態を訴える。

しかし、だから？　という感じで、孝徳は微笑んだ。その瞳は底知れぬ闇を含んでいる。

「愛してるよ、瑞希。あの睡蓮をあげたときから、君は俺のものだったんだ」

すらりとした長い指が、瑞希の顎を強引に上向かせる。

抵抗しようと首を横に背けたが、すぐに前を向かされてしまった。

正面から孝徳の表情を見たら、彼が心から喜んでいることが窺えた。
瑞希は愕然としながら、そんな壊れかけの孝徳を見つめ続けた。
(このひとから、私は一生逃れられないのだわ……)
狂気すら感じる孝徳の端正な顔が、間近に迫ってくる。
諦めるしか選択肢が与えられず、瑞希は再び彼の人形と化すしかなかった。

第二章　復讐を誓う監禁の日々

　孝徳と再会したあの冬の日、瑞希のすべてが狂わされた。そのときの記憶が鮮やかに蘇ってくる。


「あ……」

　加工された睡蓮《すいれん》を取り落としたと同時に、気づけば瑞希は布団の上に組み敷かれていた。覆い被さっている孝徳を見上げ、呑気《のんき》にもなんてきれいな顔なのだろうと思った。

　孝徳の瞳が妖しく光り、瑞希に最後の選択肢を与えてきた。

「最初に言ったよね？　瑞希ちゃんが誘ったんだよ？　でも、いまならまだ間に合う」

「…………」

　返答の代わりに渇いた口の中に残っていた唾をごくりと飲み込み、喉を鳴らす。

　心臓の音が孝徳に聞こえてしまいそうなほど、ドキドキと激しく脈打つ。

（間に合う？　何が？　だって、だって私は――）

「瑞希」

甘い声でささやかれ、びくんと瑞希は身体を弾ませた。

（――とっくに、このひとの腕の中に囚われているじゃない……！）

この〝間〟が瑞希の答えとなり、次の瞬間にはもう孝徳が唇を重ねてくる。

「ふ、ぅっ……⁉」

孝徳の重みと、彼の独特の匂いにくらくらしそうになりながら、瑞希は目を開けたまま彼のキスを受けていた。本当は怖くて怖くて逃げ出したかったのだが、これは復讐《ふくしゅう》なのだと、懸命に自らに言い聞かせていた。

（初恋の相手なのに、一番憎い相手でもある……私がこのひとを籠絡すれば、両親の仇《かたき》が取れるんだ……！　だから、我慢しなくちゃいけない。こんなことで、くじけてちゃいけない……‼）

十八歳の瑞希には酷な選択だったが、瑞希は決して負けまいと抵抗しなかった。

そんな内情を知ってか知らずか、孝徳は唇を動かし、瑞希のそれを優しく食んでくる。

「ぁ……んん……」

なぜか漏れてしまう恥ずかしい声。

孝徳が憎くて仕方ないのに、身体は正反対の反応を示す。

それに気をよくしたのか、孝徳が今度は舌を出し、唇をなぞるように舐《な》めた。

「ん、んぅっ」

唾液に濡《ぬ》れた舌は柔らかく、くすぐるようで、なぜか下肢が熱くなる。

「ずっと、ずっとこうしたかった――」

顔を少しだけ離して、孝徳がそんなことを言った。

瑞希が上目遣いに彼を見上げると、孝徳は心底うれしそうに笑うのだった。


(いまのはどういう意味なんだろう？　性的に私を見ていたということ？)

わけがわからない瑞希にしかし、孝徳が説明してくれることはない。

代わりに再び口づけが降ってきたものだから、瑞希は今度は反射的に目を閉じていた。

最初のキスより強引で、ぐいぐい唇を押しつけてくる。

「ん、ん」

それから孝徳は舌で瑞希の唇をこじ開けた。

瑞希はキスの息苦しさからようやく解放され、思い切り酸素を取り込もうとした。けれど入ってきたものは空気でなく、孝徳の舌だった。

「はっ、ぅ……んぅう……！」

呼吸もままならないのに、孝徳は激しく瑞希の舌を吸う。

苦しくて、上に乗っている孝徳を押し退けようと手を突っ張るも、その手は強引に布団に押しつけられ、指と指を絡ませて繋《つな》がされてしまう。

抵抗しようがない中、くちゅくちゅと互いの口腔《こうこう》内が濡れた音を出し、室内が淫靡《いんび》に染められていく。

「ん、んん！　ん!!」

酸欠で死にそうになり、出せない声で抗議すると、孝徳がわずかに唇を離して言った。

「鼻で呼吸するんだ。いいね？」

「……え、ええ」

素直に応じると、孝徳は「いい子だ」と言って笑い、再び深く口づけてくる。

瑞希の歯列、歯茎、頬の裏、口蓋まで、孝徳が余すところなく舐めてきたものだから、その心地よさに頭がぼうっとしてきた。

「んぅ……う、ぁん……はっ……」

ふいに、孝徳が唾液を瑞希の口の中に注ぎ込んでくる。とろりとした甘い蜜が口腔内を満たし、瑞希は溺れそうな錯覚に襲われた。

「ん、むぅ、うっ」

懸命に飲み込むも、嚥下《えんげ》しきれなかった唾液が口角の端からこぼれ、つうっと頬に筋を作っていく。

孝徳はその筋を追うように、舌で唾液を舐め取っていった。

頬から耳、首筋と、キスが散らされていき、瑞希の身体が熱くほてる。

肌が敏感になっているのか、孝徳の唇が皮膚をかすめるたびに、気持ちよくて仕方ない。

鎖骨部分に差しかかったとき、瑞希の着ているブラウスのボタンが外されていく。柔肌を舐めつつ、器用にも孝徳はその上に羽織っていたカーディガンのボタンも外した。

「は、恥ずかしいっ」

ブラジャーが露わになる手前、つい反射的にそんな言葉が瑞希の口から漏れ出る。手で胸元を隠すも、孝徳はやんわりとその手を退けながら言った。

「瑞希のすべてを俺に見せてよ。君のすべてが見たいんだ」

「で、でもっ――――んぅ⁉」

羞恥心から動転する瑞希をキスで宥《なだ》め、孝徳はカーディガンごとブラウスを左右に開く。質素な白いブラジャーが現れると同時に、瑞希のふくよかな胸元が存在を主張した。

「きれいだよ、瑞希。俺が思い描いてた通りだ」

孝徳は目を細め、ふふっと満足そうに笑う。

(思い描いてた？　私の裸を、孝徳さんが？)

その言葉に引っかかりを覚えるも、すぐに鎖骨のくぼみに舌が這《は》わされ、瑞希の思考は吹き飛んでしまう。

鎖骨から胸の谷間に向かって濡れた舌が下りていき、瑞希はぞくぞくと身体を震わせた。

「あ、ああ……ゃ、あ……」

一通り瑞希の肌を舐め尽くしてから、孝徳は彼女の背中に腕を回し、ブラジャーのホックを外す。これもまた器用な動作で行われたので、瑞希は心の中で邪推していた。

(孝徳さんは女遊びがお得意なのかしら？　私はいったい何番目なんだろう――――)

そんな詮無きことを考えてしまった自分を叱咤《しった》し、孝徳を籠絡させて復讐するという目的を思い出すと、瑞希は彼の前でふるりと揺れる乳房にも動じずに彼を見つめた。

「瑞希は胸が大きいんだね。このぐらいのサイズが俺の好みだと知ってたの？」

くすくすと冗談めかして言う孝徳。

なぜか涙目の瑞希は、気丈にも頷いて見せるのだった。

「孝徳さんは私を好きになるわ。だって孝徳さんにとっては、私が一番の存在になるのだから」

すると孝徳は驚いて目を丸くするも、すぐにくくっと面白そうに喉を鳴らした。

「言うね、瑞希」

それから瑞希の顎をすくい上げ、激しいキスをする。

「それが本当なのか、さあ、確かめてみようか？」

（望むところだわ……！）

挑戦的に見つめる瑞希を眩《まぶ》しそうに見返しながら、孝徳は瑞希の大きな乳房に触れた。

瞬間、びりりと電流が走ったような心地を覚える。

「ひぁっ、ああ！」

「痛い？」

「え、あ……そうじゃなくて、そんなところ触られるのが初めてだったから――」

孝徳の瞳が、また妖しく光った。

「ふふ、瑞希の最初は、すべて俺がもらう」

「っ……!?」

いったいどこまでが本気で、どこまでが嘘《うそ》なのだろう。瑞希は孝徳の心情が理解できなかった。でも自分に好意を向けていることはわかったので、彼の望むままにさせようと思っていた。

（私をいまから組み敷こうとしてる相手なのに、なんでこんな気持ちになっちゃうんだろう……？）

孝徳が初恋の相手だったから？

自問するも、答えは見つからない。

その間にも孝徳は両手を使って、やわやわと瑞希の乳房の感触を楽しんでいた。

「ん、んっ、あ、あんっ」

「ほら、瑞希。感じてるんだろう？　ここが、固くなってきた」

ぴんと、指先で乳首を弾く。

「ひゃん！」

巧みな指遣いと言葉責めにも感じてしまう自分を呪いながら、瑞希は涙目になって乞うた。

「あ、あ、もっと、もっと優しく、してっ」

「これ以上？　君にだけ俺が優しくなることを、君はまだわかっていないんだ」

それだけ言うと、孝徳は舌を伸ばして乳輪をなぞる。

ぞくぞくっと背筋が震え、瑞希は快感に身悶《みもだ》えた。

「んぅっ、あ、や、そこっ」

孝徳はわざと焦らすように、中心を避け、乳房を舐め続ける。

瑞希の先端はつんと尖《とが》り、いまかいまかと孝徳の愛撫《あいぶ》を待ち受けていた。

「お願いっ、もっと、そこ、そこぉっ」

「瑞希はわがままだね。いいよ、望み通りのものを与えてあげる」

孝徳はくっと喉を鳴らしてから、瑞希の固くなった乳頭を人差し指と親指でこりこりといじる。痛みと快感が同時に訪れ、瑞希はいやいやするように首を横に振った。

「や、ぁっ、優しく、優しくしてぇっ」

「瑞希のここ、かわいいね」

今度は口を開き、ぱくりと乳首を咥《くわ》え込む。

ぬるま湯に浸かっているような心地に、瑞希は身体を痺《しび》れさせた。

「あ、あっ、気持ちいい、気持ちいいっ」

孝徳は口の中で乳首を転がし、舌先を使ってちろちろと舐め上げていく。

「や、やんっ、そんな、しちゃ、ああ、熱いっ」

暖房も入れていない寒い冬の日なのに、身体が熱くて仕方がない。特に下肢に感じたことのない違和感があり、瑞希は無意識のまま足を擦り合わせていた。

ちゅ、じゅっといやらしい音を立てながら、孝徳は瑞希の乳首をしごいていく。

胸を揉《も》んでいたもう片方の手を下にずらす。ゆっくりと腰を撫《な》で、スカートに覆われた足に届く。

何が起こるかわからない瑞希だったが、早く楽にしてほしくて、自然と両足を開いていた。

「大胆だね、瑞希は」

孝徳がうれしそうに言う。

意味がわからない瑞希は、相変わらず目に涙を溜《た》めた状態で孝徳を見上げた。

「そんな目で見ないでくれ。これでも制御してるんだ。理性が吹き飛ぶ」

「え……」

瑞希はきょとんとするも、下腹部の熱は鎮まってくれない。

「でも、熱いんです。熱いの……なぜかわからないけれど――」

それが恥ずかしいことなのか判断がつきかね、素直にそう漏らしたら、孝徳は喜んだ。

「それでいいんだ。それが普通の反応なんだよ」

「それが、普通……？」

（じゃあ、私にとっては間違ってるってことかしら？　私は復讐のために抱かれるのだから――）

瑞希はしかし、自分のそうした思考にうしろめたさを感じていた。本当は復讐より、心と身体に素直に従った結果であることを、決して認めようとはしなかったからだ。

「ここからは、もしかしたらちょっと痛いかもしれない。でも、止める自信がないんだ」

苦笑しながら言う孝徳に、受けて立つとばかりに瑞希が頷く。

「私、怖くなんかありません」

「そうか」

ふふっと笑い、孝徳は気丈に振る舞う瑞希のスカートをめくり上げた。

「あっ」

思わずやめさせたい衝動に駆られるも、この先の行為に興味がないと言ったら嘘になる。股間は破裂しそうなぐらい熱を持ち、まるで孝徳の訪れを待っているようだった。

孝徳の手はさらに進み、膝を撫で、太ももを滑り、そして足の付け根に到達する。

「ん、ん」

まさにその部分が熱くて仕方がなかったため、瑞希は急かすように身体をずらして孝徳の手を自らの股間に導いた。そんな瑞希の様子にも、彼はうれしそうだった。

「もうこんなになって……」

ショーツに手をかけた孝徳が、満足そうに笑う。

「こんなに……？」

意味はわからなかったが、孝徳が喜んでいることは確かだ。悪い反応ではないのだろう。

「ああ、湿ってるってこと」

「そ、そんなっ……私、粗相でも――」

「違う、違う」

慌てる瑞希に、孝徳も慌てて返した。

「これは感じてるなら正常な反応なんだよ。何も悪いことはないんだ」

「……っ」

孝徳はそう諭すも、瑞希は本来の目的を思い出して押し黙る。

(復讐なのに、ミイラ取りがミイラになってるんじゃ……?)

そんな思考を遮ったのは、孝徳がショーツに手をかけたからだ。

「瑞希、腰を少し浮かせて?」

「は、はいっ」

素直にそうすると、ショーツがするりと脱がされていく。股間からつうっと透明な糸が引くところが見えて恥ずかしくなるも、孝徳はそこには触れなかった。

とろりと蜜にまみれた瑞希の秘部に神々しさでもあるかのように、うっとりと見つめている。

「孝徳さっ……は、恥ずかしい。そんなとこ、そんなにじっくり見ないで……っ」

涙目で訴えると、孝徳は我に返ったかのように顔を引き締め、無言で瑞希の秘所に手を伸ばした。

「きゃ、きゃん!」

あまりの快感に腰が浮いてしまい、瑞希は驚いて孝徳を見下ろす。

「そ、それ、そんなに、そんなっ」

混乱する瑞希に、孝徳は一から仕込むようにそっと手を滑らせていった。

「あ、ああっ、気持ちいい、そこ、ダメぇっ、きゃ、きゃあっ」

「瑞希の感じる部分、俺にはわかるよ」

「え……」

はあはあと荒い息をつく瑞希の花びらを開き、孝徳はつんと存在を主張する花芽に触れる。瞬間、胸をいじられたときよりも強くびりりと電流が走ったように痺れ、瑞希は身体をわななかせた。

「そこぉっ、気持ちいい、気持ちいいよぉっ」

「そうだろう？　だって、もうこんなに固くなってるから」

孝徳は指を使ってくりくりと、くだんの固い蕾《つぼみ》をこねる。

きゅんきゅんと子宮が甘くうずき、何かぽっかりと空いた穴でもあるかのように、もっと早くそこを埋めてほしくて仕方がない。

「孝徳さぁ、ん、そこ、そこじゃなくて、もっと、もっとぉ」

高い声音で啼《な》く瑞希の秘所は、もうびしょびしょだった。それはリネンにまで染み渡り、溢《あふ》れた蜜が丸く円を描いている。

「わかるよ、瑞希。ここにほしいんだね」

そう言うと孝徳は、手をずらして蜜口に指先をそっと挿入した。

つぷりと音が鳴ったあと、早く入れてほしいとばかりに、どっと蜜が流れ落ちる。

「あ、そこ、あ、ああっ」

指をぐっと挿入して、奥まで入れていく。

少し物足りなさがあったが、ほしい場所を埋めてもらえたことで、瑞希は安堵《あんど》の息をつく。

「瑞希。どんどん溢れてくるよ。これは栓をする必要があるね」

「ん、んんっ」

孝徳に話しかけられるも、瑞希の頭の中は快感でいっぱいだった。だからそれが何を意味しているかわからず、ただひたすらに楽になりたくて、うんうんと首肯して見せる。

しばらくは指をぐっちゅぐっちゅと鳴らしながら上下していたが、孝徳はふいに指を引き抜く。蜜口にはすでに蜜溜まりができており、いやらしげに白く泡立っていた。

「はあ、はあ……」

瑞希が快楽の余韻と興奮で息を荒らげていると、いったん瑞希の上から下りた孝徳のほうからかちゃかちゃと音がする。

目を向けて見れば、孝徳がズボンのベルトを外しているところだった。

思考の追いつかない瑞希は、黙ってその様子を見つめていた。

孝徳はズボンとトランクスを脱ぎ捨てると、どこに持っていたのか、避妊具を取り出す。それをそそり立つ自身の肉棒に装着してから、瑞希の元に戻ってきた。

（あれが、男のひとの――）

一瞬だけ見た孝徳自身はとても大きく、太くて長い。竿《さお》には青筋が走っており、亀頭は腹に付きそうなほど反り返っていた。ほかのひとの男性器を知らない瑞希だったが、それが規格外に大きいのだと、なんとなく悟っていた。

「これだけ準備はできてるが、痛みは多少あるかもしれない。初めてなんだろう？」

孝徳の問いに、瑞希は即答するのをためらう。

（初めてじゃないと言ったら、このひとは私を軽蔑するだろうか？）

なぜいま孝徳を試してみたい衝動に駆られたのかわからなかったが、瑞希は挑戦的に孝徳を見上げた。

孝徳がふふっと、苦笑いする。

「なるほど。俺をからかいたいってわけか」

「…………」

あえて黙ったままの瑞希の耳元に唇を寄せ、孝徳はまったく予想しない台詞を吐いた。

「もし処女じゃなかったら、俺は嫉妬に狂って君をめちゃくちゃにしてしまいそうだ」

「っ⁉」

なぜそこまで孝徳が自分にこだわるのか理解できず、瑞希は恐れおののき、思わず真実を口にする。

「は、初めてですっ」

「そうか」

にこりと極上の笑みを浮かべながら、孝徳は自らの分身の先端を瑞希の蜜口にあてがった。

「痛いと思うから、なるべくゆっくりするつもりだ。だが——」

きょとんとする瑞希に、孝徳が言う。

「俺は君がずっとほしかったから、止まるつもりはない」

「え——あ、ああっ……!?」

どうして自分をずっとほしかったなどと言ったのか信じられないと思うのも束の間のこと、まだまだ浅く小さな入り口に、太く大きな亀頭が分け入ってくる。

「んぅうっ、は、ああぁ！」

「痛いか？」

はあはあと肩で息をつきながら、孝徳が心配してきた。

瑞希はプライドのためか、痛みを覚えていたにもかかわらず、首を横に振る。

「いいの、いいんですっ……お願い、もっと、もっと奥に——」

最奥がきゅんきゅんと疼《うず》いていたから、瑞希はその先をねだった。

孝徳は期待に応えようとするかのように、ず、ずずっと腰を押し進めてくる。

媚肉《びにく》が割られていく。その衝撃は初めて知る破瓜《はか》の痛みだった。つうっと何か液体が尻の間を伝うも、そんなことに構っていられる余裕はなかった。

「あ、あ、ああっ!!」

「もう少しだ。瑞希、もう少し我慢してくれ……！」

長い竿を、ゆっくりと膣内《ちつない》に押し込んでいく孝徳。

膣内はぱんぱんで、剛直に擦られた媚壁が新たな蜜を生み出し、痛みをわずかに緩和させてくれる。

あまりに濡れていたからか、最後はすんなりと収まった。

「瑞希っ……これでひとつになったよ……！」

額に汗をまとわせながら、孝徳が感慨深げに言う。

瑞希も感涙を頬に伝わせながら、処女を捧《ささ》げた相手を見上げた。もう復讐とかそんなことはそっちのけで、ただただひとと深く繋がれたことの悦びにむせぶのだった。

「まだ痛いかい？」

「……少し。でも、大丈夫です」

自分を気遣ってくれる孝徳の背中に腕を回すと、彼も瑞希を抱き締めてきた。

「ゆっくりと動くからね」

「はい」

言葉通りゆっくりと、孝徳は腰を動かし始めた。

じいんとした痛みは絶えずあるものの、同時に気持ちよさも感じて、瑞希は大きく喘《あえ》ぐ。

「あ、あっ、ん、ぅっ、はっ、あ、んんっ」

「くっ——締まる……っ」

孝徳の言う台詞の意味は相変わらずわからなかったが、自分との性行為に夢中になってくれていることはその言動から伝わってきたので、復讐を思い出した瑞希は二重に喜んでいた。

（孝徳さんを籠絡すれば、私は両親の仇を討てる――！）

しかしそれよりも快感が勝り、孝徳を抱き締めながら、瑞希はよがり続けていた。

「うんっ、あ、そこぉっ、あ、奥、奥にっ」

孝徳の長い一物は、瑞希の子宮口をこんこんとノックする。

最奥のしこった部分を続けざまに突かれ、瑞希はだんだん意識が朦朧《もうろう》としてきた。

「こ、こんなの、初めて、初めてっ、気持ちいい、奥が、ダメ、そのままじゃっ」

自分でも何を言っているのかわからないまま、孝徳に絶頂が訪れそうになる。

「瑞希、すまないっ、君が締めるから、もう、俺はっ――」

「ん、んんっ、は、はいっ、はいぃっ」

孝徳の台詞から最終局面なことを察して、瑞希はこくこくと頷いた。もっと感じていたかったが、痛みから逃れたいという思いも大きかったからだ。

「くっ……瑞希、瑞希！」

瑞希の名を呼びながら、孝徳が激しく腰を振ってきた。

身体全体を揺さぶるほど大きく動くものだから、瑞希はもう何がなんだかわからない。

「あ、ああっ、あ、あああっ、きゃ、ああ――!!」

気を抜けば意識が飛びそうになる。

ぱん、ぱんっと肉が打ち付けられる音、ぐっちゅぐっちゅと挿入のさいに鳴る音が室内に響き渡っていた。

「いく、いくぞっ――!!」

「ん、んぅっ!!」

ずんっと、ひときわ強く肉塊を中に押し込められた瞬間、孝徳の鈴口から胎内に熱いものが吐き出される。それはびくん、びくんと、膣内で大きくわななないた。

快楽の余韻に浸っているのか、汗ばんだ孝徳が瑞希の上にどさりと覆い被さってきた。

そして肩で息をしながらも、瑞希を抱き締めたまま動かなくなる。

瑞希がちらりと横に目を走らせると、加工された睡蓮が無造作に床に転がっていた。

(あのとき恋した孝徳さんはもういないんだわ……あの花と同じく、私の時は渇いて止まったままだ……だからこそこのひとに復讐することで解放されるはず……!)

この行為はその記念すべき第一歩なのだと言い聞かせるも、なぜか満足感や充足感に至らない自分に気づく。

(私、どうしたんだろう……?　この気持ちはいったい――)

考えながらも、疲労困憊《ひろうこんぱい》の頭はどんどんぼんやりとしてくる。

孝徳がぽつりぽつりと語る話を聞きながら、やがて瑞希は意識を手放した。

＊　＊　＊

「あの日々に戻って、どうするというの？」

花嫁衣装に身を包んだままの瑞希は狂気すら感じさせる笑顔で見つめてくる孝徳を前に涙目で問う。

一度は諦めかけたものの、ことが起きたばかりのいまならまだ通じるかもしれないと希望を持ち、必死で情に訴えた。

この狭い檻《おり》の中でなど生きてはいけないのに、孝徳は本当に瑞希を監禁しようというのだろうか。だから懸命に説いた。

「孝徳さん、私たちはもう終わったのよ。最初から始まってもいなかった歪《いびつ》な関係だったじゃない。いまさらどうしてこんなこと……！」

けれど孝徳はどこ吹く風だ。

「瑞希。君がいますぐにでも俺に心を開いてくれれば、こんなことしなくて済むんだよ」

「…………」

（心を開くですって？）

あまりにおかしい台詞に、瑞希の顔が歪《ゆが》む。

（私を心身ともに屈服させてきたくせに……このひとは何もわかってないのだわ）

思わずがっくりと肩を落とした。なぜこんな想いを瑞希が抱いているのか、一方的過ぎる孝徳は気づいていない。

生気のない瑞希の元に跪《ひざまず》き、彼女の華奢《きゃしゃ》な手を取る。そして手の甲に、そっと唇を落とした。ちゅっと、甘やかな音を立ててキスする孝徳を、醒めた目で見つめる。

「君の願いなら、俺がすべて叶《かな》えてあげる。なんでも言ってくれ」

「……して」

「え？」

小さな声で呟《つぶや》いたから、孝徳が聞き直してくる。

「俺は瑞希のためなら、どんなことだってしてみせるから」

「じゃあ、私を弘樹の元に帰して」

すると瞬時に、端正な孝徳の表情が変わった。

「まだあの男のことを口にするのか？」

孝徳の静かな怒りが、ふつふつと立ちのぼっていることに瑞希は気づいた。

再び孝徳の人形に成り下がったものの、決して復讐を諦めたわけではない。すべてを奪われ、外界から遮断されてなお、希望を捨てきれずにいた。

（私はぜったいに屈しない……たとえ何度身体を奪われようと、心は守る……！）

孝徳に服従するしかなかったが、いつかぜったいに隙ができると信じている。

（そのときが、私が自由になれる最後のチャンスだわ）

そんな瑞希の内情を汲《く》み取ったのか、孝徳は立ち上がると、何事もなかったかのように
かけられていたジャケットに袖を通した。

「俺はこれから仕事に行くけど、ほしいものがあったら家政婦かボディーガードに言って
くれ」

「家政婦？　ボディーガード？」

眉を寄せた瑞希に、孝徳が頷く。

「見張り役のボディーガードはともかく、家政婦はいい話し相手になると思うよ。瑞希の
ために相性がよさそうな子を選んだんだ」

「…………」

（用意周到ね。そんなに前から、今日のことを目論んでたんだわ）

醒めた目で孝徳を見つめていると、間もなく玄関のチャイムが鳴った。

「噂《うわさ》をすれば。彼女だ」

孝徳がリビングを出て家政婦とやらを出迎えに向かう。

その隙にこの家から無理やり出られないかという考えが一瞬頭をよぎったが、家政婦や
ボディーガードはどうせ孝徳の息がかかっている。瑞希の味方はしてくれないだろう。

「はあ……」

諦めたような息をつき、ローテーブルに突っ伏した。

ここがマンションの何階かは明確にはわからないが、高層階過ぎて、とてもではないが窓からは出られそうにない。ドアの外ではおそらくボディーガードとやらが見張りについているのだろう。それにいろいろなことがありすぎて、瑞希は心身ともに疲弊していた。

（疲れたな……弘樹、いまごろどうしてるだろう？）

悪いことをしてしまったと、瑞希は悲しみに暮れていた。

（最初から孝徳さんのことをすべて打ち明けていれば、こうなる前に対策ができたのかもしれなかったのに――）

あとに残るのは後悔ばかり。

東十条家もひとり息子の孝徳には頭が上がらないから、助けも期待できない。

（もう枯れ果てて、涙も出ない……）

そんな瑞希に、おそるおそる声がかけられた。

「あの……瑞希さま、ご体調でもお悪いのでしょうか？　お医者さまを呼ばれますか？」

「っ⁉」

顔を上げると、目の前にはいつの間にか同じ年くらいの女性が立っている。黒目がちな瞳と肩までの髪が特徴の、小柄な女性だ。白のブラウスに黒のパンツという地味な服にエプロンを身につけていた。

「あなたは――」

「川本《かわもと》知子《ともこ》と申します。孝徳さまより、瑞希さまのお世話をするよう言いつかっております」

「………」

孝徳の言っていた〝家政婦〟とは彼女――知子のことだろう。どうせ孝徳の味方なのだと思うと挨拶する気にもなれず、瑞希はそっぽを向いてしまう。

「しばらく放って置いて」

「……はい。かしこまりました。わたしは夕飯の準備をしておりますので、何かございましたらお声がけください」

知子は遠慮がちにそう言うと、キッチンに向かっていく。

「待って。孝徳さんは？」

そう言えば彼の姿が見えないと、知子を引き留めた。

彼女は話しかけられたことがうれしかったのか、安堵したように答える。

「お仕事にお出かけになられました。夜にはお帰りになるとのことです」

ああ――と、瑞希は納得する。

（そう言えばさっき、それどころではなかったけれど、仕事に行くとか言ってたわね）

「……そう。ありがとう」

瑞希の言葉に、知子は首を大きく横に振った。

「わたしにお礼は不要です、瑞希さま」

知子の態度から、瑞希は東十条家で家政婦扱いされていた頃の自分を思い出し、苦笑する。

「なら私には〝さま〟付けは不要よ。きっと同じ年代よね？」

「はい、今年で二十五歳になります。でもそういうわけには……」

瑞希にかしづくように孝徳から命じられているのだと、知子は続けた。

「かしづくって……いったいいつの時代よ。東十条家にいると、頭がおかしくなるから」

つい本音を言ったら、知子がくすくすと笑う。しかしすぐに、しまったとばかりに顔を引き締めた。

「も、申し訳ございません！　ただわたしも、東十条家にお仕えすることが決まってから、同じ感想を抱いていたもので――」

素直な知子に、瑞希は急に親近感が湧いてくる。

(この子は孝徳さんに頼まれただけで、悪い子でも敵でもないんだわ)

それなら冷たくするのはかわいそうだと、瑞希は微笑んでみせた。

「しばらくここから出られそうにないから、これからいろいろよろしくね。知子」

「は、はい！　お任せください、瑞希さん」

うれしそうに返答する知子。

(本当にいい子みたい。孝徳さんはここまでして、どういうつもりなんだろう……私がこれで彼の気持ちに応えるとでも思ってるのかしら)

瑞希を手に入れるためというには、何もかも大がかり過ぎる。

しかし孝徳の思考回路など自分にはまったく理解できないのだろうと、瑞希は思い直した。そうして考えることを放棄した瑞希はこの日、知子が持ってきてくれた私服に着替えたあと寝室に引きこもった。知子が甲斐甲斐《かいがい》しく世話をしてくれたおかげで、なんとか生きる希望が残されていたのが救いだった。


その夜、知子と入れ替わるように孝徳が帰ってきた。

「ただいま、瑞希」

すがすがしいほどの笑顔で、リビングに入ってくる孝徳。

テーブルについていた瑞希は冷ややかな表情のまま、無言で彼を迎えた。

しかし孝徳はぜんぜん堪えていないようで、スーツのジャケットを脱ぐと、ネクタイを緩めつつ、知子が作っていった料理を前に席につく。

「こうしていると、まるで夫婦みたいだな」

「夫婦じゃないわ」

これには即答したものだから、孝徳が改めて瑞希を見つめてきた。

「瑞希。いい加減、諦めないか？　権力も財力もある東十条家に、単なる庭師の男が勝てるわけがないだろう？」

「弘樹よ。岩崎弘樹。あなたもよく知ってるはずよ」

誓いを交わすことはできなかったが、神聖な式に弘樹と並んで出たことは事実だ。紙の上では夫婦でないけれど、ふたりの気持ちは変わらないと瑞希は思っている。

するとご料理を食べようと箸を持ちかけていた孝徳が手を止め、ふいに立ち上げると、向かいの瑞希のほうまでやってきた。

思わず身構える瑞希の腕を引き、無理矢理立たせる。

「な、何するのっ⁉」

「瑞希、君はまだ何もわかってないようだね」

孝徳は笑顔で瑞希の顎に手をかけ、上向かせた。

強引なキスの予感に顔を背けるも、すぐに大きな手で前を向かされてしまう。

呼気が混じり合うほど近くで孝徳に見つめられ、瑞希はごくりと唾を飲み込んだ。

「これはまた身体でわかってもらうしかないな」

「い、いや……っ」

もうあんな日々はごめんだと、必死で抵抗する瑞希。

しかし長身で体格もいい孝徳相手では無駄な努力で、ずるずると寝室に引きずられていった。

キングサイズのベッドの上に投げ出されるも、瑞希は最後の矜持《きょうじ》とばかりにキッと孝徳を睨《にら》みつける。

「たとえ身体を支配しても、心はぜったいに渡さないから」

「いつまでそんなふうに言っていられるだろうね、瑞希」

孝徳はネクタイをほどき、シャツのボタンを外しながらベッドの上に乗ってきた。

ぎしりとスプリングが軋《きし》み、知子が取り替えたばかりの清潔なリネンにしわが寄っていく。

「俺たちは互いに運命の相手なんだよ。言ったよね、あの睡蓮をあげた日から、君の成長を待ってたと」

「――っ」

瑞希は言葉が出てこない。

確かにあのとき、孝徳に恋をしたことは事実だったからだ。

そうでなければ、睡蓮の花をわざわざ加工することはなかっただろう。あの睡蓮は、歪む前の孝徳との唯一の思い出だった。

だから孝徳が己の成長を待っていてくれたことは、少なくない衝撃を瑞希に与えた。

(そうは言っても、あんな関係は間違ってた)

孝徳は飴《あめ》と鞭《むち》を駆使して、瑞希を調教しようとする。逃れたくても、時折見せる優しさが、いつも瑞希を引き留めた。

優しさとは、相手に対し思いやりを持てることだと瑞希は思っている。さらに見返りを求めず、相手のためを思った行動や考えができることであるはずだ。純粋な気持ちで相手を思いやることができる、広く温かい心を持っていなければ優しさは生まれないだろう。

孝徳は瑞希を愛玩具のように扱ったが、それはあくまで瑞希の主観だった。

例えば東十条家の夫妻である孝造と真理子や、ほかの使用人たちに疎まれていたとき、矢面に立ってくれたのはいつも孝徳だった。孝徳が実家に戻ってきてからは、その影響力と存在感から、ほとんどいやがらせはなくなっていたのである。

また性行為が終わったあと、孝徳は必ず瑞希の身体を気遣い、淫らな液で汚れた身体を拭いてくれた。これは真の優しさがなければできないことだと思う。彼には、使用人たちが噂話するような普通の男のように出したら終わりという観念はなく、行為を終えたあとも瑞希を自らの腕の中に閉じ込めたがった。瑞希を抱えてそのまま午睡をむさぼることを好んでいた。

孝徳にはプライドも自己肯定感もあったから、自分なりの信念があった。それに基づいて行動するため、何事にも筋が通っており、自分の言動に責任が持てていた。瑞希のためを思う言動も、自分の信念から自然と出るもののため、当たり前だが見返りを求めることはなかった。孝徳のすべては、瑞希のためにあったのだ。

時折見せると思っていたこの優しさは、客観的に見れば、常に瑞希に向けられていたのである。それを知っていたから、瑞希自身も心から逃れようとは思えなかったのかもしれない。

ゆえに瑞希は戸惑い、悩みながらも、結局は彼の言いなりになってきたのだ。

けれどそんな瑞希をまるごと救ってくれたのが、弘樹だった。

「確かに私たちの出会いは運命だったかもしれない。でもそれを壊したのは、あなただわ……！」

涙目になって、瑞希は訴える。

「弘樹は私を助けてくれたのよ。屈するままだった私を、あなたから！」

「瑞希、最初に言っておくのを忘れたね」

猫なで声で、笑みを浮かべつつ孝徳が前置いた。

「ここはふたりの城なんだ。ほかの男の名前は出さないように」

「そうやって、また私を縛るの⁉」

瑞希だって言いなりになっているばかりではない。弘樹と出会ったことにより、少しの勇気と気概を身につけた彼女は、孝徳を毅然《きぜん》と睨みつける。

しかし孝徳は狂気じみた笑顔を保ったままだ。

「何を言ってるんだい、瑞希。俺が一度でも君を縛ったことがあったか？」

「……っ」

くっと下唇を嚙《か》み締める瑞希。なぜなら孝徳の言うことを否定できなかったからだ。

「君はいつでも俺に付いてきてくれた。俺は無理強いをしたことは一度もないよ」

ああ、それは言い過ぎたと、孝徳が呟く。

「結婚式から君を連れ出したのは、少々やり過ぎだったかもしれないね」

くすりと笑う孝徳を前に、瑞希は戦意が完全に失せてしまった。

（このひとにはもう、何を言っても通じないんだわ）

「もう話は終わった？」

「…………」

孝徳の言動は、いつもこんなふうに馬鹿丁寧だ。

瑞希は言葉も失い、うなだれた。

（私がいけなかったの……？）

そんな瑞希の傍に、孝徳がやってくる。

瑞希を優しく抱き締め、耳元でささやいた。

「庭師に身体を許さなかったのは、君が俺のことを愛してるからなんだよ」

弘樹と清い関係なことも、孝徳はお見通しらしい。

「まあ、もしあの男が瑞希に手を出していたら――あえて、言わないがね」

「…………」

瑞希は何も言えず、されるがままとなっていた。

シトラス系のコロンがふわりと香り、いやでもあの日々が思い出される。

「瑞希。好きだ、愛してるよ。俺だけを見て、俺のために生きてくれ」

顎に手をかけられ、上向かせられた。

孝徳はうっすらと微笑を浮かべており、暗い瑞希の瞳を覗《のぞ》き込む。

「返事はいつでも構わない。時間はたっぷりあるから」

そうして孝徳が唇を重ねてきた。

本当は今日、弘樹としているはずだった誓いのキス。

まるで処女を奪われたような錯覚に襲われるも、深くなる口づけに抵抗する術はない。

「あ……ふ、ぅ……」

慣れたように唇をこじ開け、舌を挿入してくる。

調教されてきた瑞希は、半ば無意識のうちにキスを受けていた。

（こうやって彼に身を任せていれば、いつかは終わってくれてたから……）

孝徳は瑞希に対して、どこまでも優しい。

暴力的な性交を強要されたことは一度もなかった。

だから瑞希は混乱するのだ。自分の気持ちがわからなくなる。

「ん、んぅ」

息苦しくなるまで舌を差し込まれ、口腔内を余すところなく舐められた。孝徳の口づけはいつも執拗《しつよう》だ。瑞希の唾液を飲み干すような勢いで、あちこちを吸ってくる。奥に潜ませていた瑞希の舌を探られ、自らのそれと絡ませてきた。

「ふ、ん……ぁ、は……んんっ」

舌が擦れ合う感覚が気持ちよくて、いつの間にかキスに夢中になる。

（また流される……このままじゃいけないのに……！）

そんな気持ちとは裏腹に、ねだるように孝徳の舌を吸い返してしまう。

くちゅ、くちゅっと淫らな水音が室内に響く。

「瑞希……君の唇は、まるで俺のためにあつらえたようにしっくりくる」

孝徳はささやきながら、唇を食み、舐めていく。

「ん……そんな、こと――」

ないと即座に言えない自分が情けなくなる。

確かに孝徳とは性的な相性が良過ぎて、瑞希は毎回屈服せざるを得なかった。

弘樹が好きなはずなのに、長年にわたり覚え込まされた身体は孝徳を求める。

孝徳はいったん顔を離し、瑞希の髪をかき上げて、現れた小さな耳を愛撫してきた。

「あっ、耳、ダメぇっ……！」

「知ってるよ。瑞希は耳が弱いんだよね」

くくっと面白そうに喉を鳴らし、孝徳は瑞希の耳殻を舐め、耳朶《じだ》を優しく噛む。

「ひぁっ……や、ぁ……っ」

孝徳の愛撫は下へ下へとさがっていった。

首筋にキスを散らし、鎖骨のくぼみをくすぐるように舐める。

そしてそのまま、ゆっくりと瑞希をベッドに押し倒した。

仰向けになった瑞希の上に、孝徳が覆い被さってくる。はだけたシャツからのぞく彼の腹筋はよく鍛えられており、筋肉質な体格が露わになった。

――絶対的服従。

そんな想いが頭をよぎり、絶望が瑞希を支配する。

しかしそれよりも頭の中を占めていたのは、快楽への切望だった。

（もうなんとでもして……この生き地獄から救って……！）

諦念を抱く瑞希の上着を脱がせ、彼女の豊満な胸を包む下着が現れると、孝徳はそっと上にずらして唇を寄せる。

「あっ……そ、そこっ、やっ……！」

乳房の丸みをやわやわと揉みつつ、先端の尖りを舌で舐め上げる孝徳。

びくんびくんと身体を反応させ、瑞希は押し寄せる快楽に身を任せるしかない。

じゅっと音を立てて、乳首をしごく。

「んぅっ、あ、はんっ……あっ」

すっかり固くなった乳頭の刺激だけで達しそうになり、瑞希はなんとか堪えた。

孝徳の巧みな舌遣いは、瑞希の身体を開発しきっている。

孝徳はどこをどう愛撫すれば瑞希が気持ちいいのか、手に取るようにわかるのだ。

「ああっ、気持ちいいっ……そこ、もっとぉ」

ついねだってしまい、羞恥に顔を染めるも、孝徳は言われた通りひたすらに乳首を攻め始めた。体内の奥底から熱い奔流がうずまき、瑞希のボルテージを高めていく。

下腹部がきゅんきゅんと甘く痺れ、ごまかすように両足を擦り合わせた。

「瑞希。そんなことしても、感じてるのがばればれだよ」

くくくっと喉で笑う孝徳。

瑞希は悔しさから真っ赤に顔を染めるも、ほてった身体は言うことを聞いてくれない。

「下も触って欲しいのだろう？　さあ、俺にお願いするんだ」

優位に立つ孝徳に、瑞希は死んでもそんなことを口にするものかと思っていた。

けれど火が点いた全身は、いますぐ孝徳の愛撫がほしいと訴えてくる。

（ああ……私はまた、このひとに屈するしかないんだ――）

「……て」

「ん？」

「触ってください」

瑞希はほとんど泣いていた。相変わらず屈してしまう自分が悔しいし、弘樹を裏切っているように思えてならなかったからだ。

孝徳は口角を上げてにやりと笑い、「御意」と茶化すように応えた。

彼の手が、胸から腹、腹から腰、腰から太ももへ、滑っていく。

「あ、ああっ、あ」

そのたびにぞくぞくと震えてしまい、ようやくほしいところに手が届く頃には、瑞希はもうすっかり骨抜きにされてしまっていたのだった。

「瑞希。もうこんなに濡らして……それほど俺がほしいんだね」

「そ、んなこと――ああっ⁉」

ショーツの中に手を入れられ、びりりと電流が走ったような快感に襲われる。

「ほうら、びしょびしょじゃないか」

割れ目に手を滑らせられ、ぬるっとした感覚が気持ちよくて、瑞希は無意識に「もっと、もっと」と口走っていた。

孝徳は瑞希のショーツを脱がすと、足をM字に開かせ、その間に顔を寄せた。

「ああっ‼」

生温かい刺激に腰を浮かせ、快感を逃がすよう身をよじる。

「動かないで。もっと気持ちよくしてあげるから」

もはや言葉にならない。瑞希は言われた通りじっとしていた。

孝徳は舌を使って、瑞希の秘部をぺろぺろと舐めている。

「蜜はぜんぶ吸わないとな。瑞希の蜜は、ぜんぶ俺のものだから」

「あぅうっ、んん、あ、あっ」

あまりに強い刺激に、瑞希は完全に悦楽の境地にいた。

孝徳は花びらの間に尖った小さい肉芽を見つけると、そこを重点的に攻める。

「あ、そこっ、ダメ、ダメぇ、いっちゃう！」

蕾は固く、存在を主張しており、孝徳が唇で何度もしごいた。

「も、ダメっ、孝徳さっ……それ以上は——！」

どぷっと、蜜口からは愛液が流れ出している。

孝徳はそれを確認すると、蜜を指先ですくい取り、満足そうに微笑んだ。

「ほらね、瑞希。君は俺の愛撫だから、こんなに感じるんだよ」

「……っ」

否定も肯定もできず、されるがままの瑞希。

そんな瑞希の手を引き、孝徳は自身の股間に導いた。

「あ……っ」

「俺も、君が感じているだけで、こんなになってしまうんだ」

スラックスの上から孝徳の剛直を触らされ、瑞希は心臓をばくばくと鳴らす。

(これが、私の中に入る……)

何度も身体を重ねてきたから、その快感に抗えない自分を、瑞希自身が一番よく知っていた。

「…………」

気づけば瑞希は、自分からスラックスのチャックを下ろしていた。

トランクスの割れ目から、太くて長い孝徳の肉棒が現れる。

思わずごくりと喉を鳴らしてしまい、孝徳に笑われた。

「そんな物欲しそうな顔をしなくても、俺は瑞希だけのものだよ」

「そ、そういうわけじゃ――」

言いながらも、それがほしくてほしくて仕方なくて、瑞希は両手を使って孝徳自身を愛撫していた。

「うまくなったね、瑞希」

褒められて、得意になってしまう自分がいる。

（正しくないし、恥ずかしいことなのに……！）

「舐めてくれる？」

孝徳に頼まれるも、いやだという選択肢は浮かんでこなかった。

孝徳に服従しなければいけないという大義名分の下、瑞希はしゃがみ込んで孝徳の一物を口に含む。

途端に孝徳が「うっ」と呻《うめ》き、眉根を寄せた。

「瑞希の口の中に俺が入ってると思うだけで、俺もイきそうだ――！」

孝徳のそれは大き過ぎて口の中がいっぱいだったけれど、唾液を溜めて舌を滑らせ、舐めたり吸ったりを繰り返す。

「ん、むっ」

「苦しい？」

こういうときばかり優しさを見せる孝徳。

瑞希は孝徳の肉塊を咥えながらも、ふるふると首を横に振った。

本当は苦しかったけれど、孝徳の反応がうれしくて、つい虚勢を張ってしまった。

必死でしごく瑞希の頭を、孝徳が撫でる。

「でも、もういいよ。これ以上されたら、イってしまうから」

「………」

瑞希が無言で顔を上げると、孝徳が心底うれしそうに微笑んでいた。

「さあ、瑞希。一緒になろう？　俺たちは一緒になることで、絆《きずな》が深まっていくのだから」

ここで拒否すればいいのに、瑞希は快楽がほしくて、従順に頷く。

孝徳は再び瑞希を仰向けに寝かせると、大きく足を開かせた。

そして避妊具を付けた男根を、瑞希の蜜口に押し当てる。

瑞希はこの瞬間が一番好きだった。ぞくぞくと、期待に背筋が震える。

「いくよ？」

孝徳の言葉に、素直に頷く瑞希。

いよいよ孝徳の一物が、瑞希の媚肉を割って入ってきた。

「あ、んんっ、あ、あああああっ!!」

もう何度も慣らされた身体は、すんなりと孝徳を受け入れていく。

ず、ずずっと、媚壁を擦られるだけで達してしまいそうになり、瑞希は懸命に堪えていた。

「あっ、気持ちいい、気持ちいいよぉっ」

自然とこぼれ落ちてしまう情けない台詞。

しかしいまの瑞希はほかのことなど考えられず、ただ目の前の快楽に集中していた。

「ああ、瑞希っ……君の中は、本当に熱い――――！」

「た、孝徳さぁん！」

ずんっと最奥まで突かれ、瑞希の膣内はぱんぱんだ。

充足感に包まれつつ、瑞希は極度の疲労からはあはあと肩で息をしていた。

「瑞希、ああ、瑞希」

孝徳もうわごとのように瑞希の名を呼び、快楽を享受しているようだ。

それからすぐに孝徳が腰を揺すり始め、室内にはぱんぱんと肉が打ち付けられる音、結合部のぐちゅぐちゅといういやらしい音が響き始めた。

「あ、あんっ、や、はんっ、あ、ああっ」

「瑞希、瑞希っ」

激しい抽挿に、酸欠状態の頭がくらくらしてくる。

ずん、ずんっと奥のしこった部分が突かれ、瑞希を絶頂へと押し上げていく。

「た、孝徳さっ、気持ちいい、どうしてっ、こんな、ダメなのにぃっ」

「瑞希っ、素直になってくれ、俺を愛せ、俺だけを愛してくれっ」

お互いの気持ちはばらばらなのに、肉体はあつらえたようにぴったりきていた。

相性がいいと孝徳は言ったが、やはりそれは否定できないと、瑞希は改めて思う。

(こんなの、ダメなのに！　なんでこんなに気持ちいいんだろう……⁉)

まるで天国にのぼるような感じさえしてしまう。

それは孝徳も同じようで、社会的立場や権力があっていつも余裕のある彼が、瑞希との性行為では切羽詰まったようにすがってくる。

「瑞希っ、はあ、はあ、君をっ、ぐちゃぐちゃにしたい――――！」

「孝徳さぁっん、あん、ああっ」

ぐちゃぐちゃにされてもいいとさえ思う。もう瑞希の正常な思考は失われていた。

「いくっ、もう、もうダメぇっ、いっちゃう、いっちゃうのぉ！」

「くっ――俺もだっ……わかっただろう、瑞希、俺たちはいつも一緒なんだ」

激しく腰を動かされ、最奥がごつんごつんとノックされる。

熱が下腹部に集まり、絶頂がすぐそこに迫っていた。

「いく、いくぅ――――！」

「ううっ」

ふたりは同時に高みへ駆け上がった。

最高に気持ちいい瞬間を経て、瑞希はようやく我に返る。

（また……また孝徳さんの手のひらの上で踊らされてしまった……）

とうの孝徳ははあはあと荒い息をしつつ、倒れ込むように上から瑞希を抱き締めた。まだ結合部は繋がったままだったが、孝徳は自身が落ち着くまで瑞希と合体していることが好きなのだ。

びくん、びくんと膣内で震える孝徳の分身。

それを胎内で感じながら、瑞希は流されてしまう自分を反省する。

(弘樹と幸せな人生を築こうと思ってるのに、どうして私は――)

しかしそんな懺悔《ざんげ》を聞く者は、残念ながらここにはいない。

「瑞希」

相変わらずはあはあと激しく呼吸しながら、孝徳が瑞希を呼ぶ。

「……はい」

自分が情けなくて、小さく返事をすると、孝徳が上体を起こして瑞希を見つめた。

「これでも君は、まだあの庭師が好きだというのか?」

「………」

「こんなに愛しているのに――」

どうやらうわごとだったらしい。孝徳はそれだけ言うと、目を閉じてリネンの上に突っ伏してしまった。

瑞希は切なさに胸が締め付けられる想いだった。

(私はこれからどうなるんだろう……? どうしたらいいのだろう……?)

孝徳の気持ちは本気だ。

でも弘樹だって本気で考えてくれているのだ。

(弘樹に会いたい)

ほかの男と交わったばかりだというのに、瑞希はそんなことを考えてしまう。

（私自身がもっとしっかりしないと、この状況から抜け出すことはできない）

答えは明確に出ていた。

孝徳を説得して、ここから出してもらうのだ。

どちらにせよ、弘樹とは話し合わなければならない。

すべてを受け入れてくれた弘樹。こんな自分でも許してくれるだろうかと、瑞希は不安に思う。そうして自己嫌悪に陥りながら、瑞希はまどろみ、やがて眠りに落ちていった。

第三章　重い愛に引きずられ

「おはようございます、瑞希さん」

翌朝、まだ寝室にいるときに、廊下から知子の声がかかる。

驚いて跳ね起きると、隣の孝徳も目を覚ましたところで、のんびりと欠伸を嚙《か》み殺していた。

「な、なんで知子が――」

家政婦とはいえ、孝徳と裸でベッドにいるところなど見られたくない。

しかし孝徳はなんでもないように軽く伸びをして、ベッドから足を下ろす。

「彼女にはこの家の合鍵を渡しているんだ。朝食の準備や支度も手伝ってもらうからね」

「朝食の準備をしておりますので、何かございましたらお呼びください」

その通り、次にはそんな声がかかり、瑞希はほっと胸を撫《な》で下ろした。

（こんなところ、わかってはいるだろうけど、恥ずかしくて絶対に見せられないわ）

瑞希はシーツを身体に巻き付け、慌てて床に散らばっていた衣服を探す。

そんな瑞希の様子に、孝徳がくすりと笑った。

「急がなくても大丈夫だよ。まだ七時だ」

「急がなくてもって……孝徳さん、お仕事は？」

なぜか呑気《のんき》な孝徳に尋ねると、「休みだよ」という答えが返ってくる。

「あ……日曜日――」

監禁されて曜日の感覚がなくなっていたが、結婚式は土曜日に行われたのだ。形だけ行われ、大事な部分が失われた結婚式になってしまったが。

（弘樹、いまごろ心配してるに違いないわ）

どうやって自分の居場所を知らせようかと頭をひねっていると、再び孝徳が笑った。

「ここからどうやって出ようか考えてるんだろう？」

「っ……⁉　そ、そういうわけじゃ……」

「瑞希は顔に出るからね。わかりやすくていいけど」

小馬鹿にされたような気がして、むっと顔をしかめるも、孝徳は動じない。

「なら、今日は外に出ようか？」

「っ‼　い、いいの⁉」

（外に出してもらえるなら、きっと逃げるチャンスがあるわ！）

驚きに目をみはる瑞希に、孝徳は頷《うなず》いた。

「もちろん。ボディーガードは付くけどね」

「ボディーガード？」

不穏な単語に眉根を寄せる。

孝徳は説明した。

「この家の見張りの件は話しただろう？　会社絡みの関係で、何かと狙われやすいからね。家政婦と同じで、ボディーガードも雇ってるんだ」

「………」

喜びかけた瑞希だったが、すぐに消沈してしまう。

（プロに見張られてるなら、逃げる隙なんてないようなものじゃない）

すっかりしょげた瑞希に、孝徳は慰めるように言う。

「外に出れば、気分転換になるよ。ここにこもってるよりマシだろう？　秋も深まった頃だ、デートにはちょうどいい気候だよ」

「……そうね」

（どうやっても、私はこのひとに逆らえない――）

醒めた目で答え、瑞希は着替え始めた。


知子が給仕をする中で、瑞希と孝徳は向かい合って朝食を摂っていた。

本当は食欲などなかったけれど、昨晩の激しい行為のせいで身体がエネルギーを欲していたのだ。

無言だけれど、料理の皿が空いていくたびに、知子は喜んだ。

「よろしければおかわりがありますよ、瑞希さん」

「ありがとう、知子。でももうこれで充分だわ」

知子と話すときは、なんとなく安心する。自然と笑顔にもなった。

孝徳から送られた刺客かもしれないという疑念は拭えなかったが、心から瑞希に仕えようとしてくれることが伝わるので、信頼することができたからだ。

「孝徳さまは、おかわりをご用意いたしますか？」

知子が孝徳に聞くと、彼はコーヒーのおかわりを頼んだ。

ふたりで食後のコーヒーを飲んでいると、それまで瑞希に合わせて無言だった孝徳が問いかけてくる。

「それで、瑞希。今日はどこに行きたい？」

「……どこでも」

冷たく返事をするも、孝徳は少しも堪えていないらしい。

うれしそうにデート場所の候補を挙げていくのだった。

「じゃあ、今日は買い物に行こうか？　ほとんどの物はそろえたけど、瑞希にも好みがあるだろうから」

「そんなこと……もったいないわ。この部屋にあるもので何も不自由はないもの」

するとと意外なことに知子が口を挟んでくる。

「いいえ、瑞希さん。どうか孝徳さまに甘えてくださいませ。ここは瑞希さんのお部屋なのですから、お好きなものに囲まれているほうが落ち着くと思います」

どうやら知子なりに事情は察しているようで、少しでも監禁生活がつらくないよう配慮してくれたらしい。

「知子……」

礼を言いかけたら、孝徳もそれに頷いた。

「知子の言う通りだ。瑞希のほしいものなら、なんでも買ってあげるよ」

「……わかったわ。ありがとう」

そのやりとりに、知子はほっと安堵《あんど》したようだった。

心底瑞希のためを思ってくれているらしいことがうれしくて、瑞希はより知子が好きになる。

(それに孝徳さんが言ったように、外に出ることは気分転換になるかもしれない)

瑞希はそう思い直し、孝徳が提案したデートプランに承諾した。


孝徳の愛車である高級車の助手席に乗ると、運転席に座る孝徳がさっそくアクセルを踏み込んだ。窓の外に流れる都会の街並みをなんとはなしに見つめていると、孝徳が話しかけてくる。

「今日はいい天気だね」

「ええ」

興味がないというふうに適当に相づちを打つも、孝徳は楽しそうだ。

機嫌がいいのか、鼻歌まで歌っている。

「瑞希とこうやってふたりきりで出かけられるなんて、俺は幸せ者だな」

「無理強いでしょう？　それにふたりきりじゃあないわ」

勘違いをきっちり正すも、孝徳の様子は変わらない。車の中に流れている音楽に合わせ、楽しそうにとんとんとハンドルを指で叩《たた》いていた。

「いい加減、諦めないか？」

「何を？」

ちょうど赤信号になり、車が止まる。

孝徳がこちらを向き、至極真面目に言った。

「婚姻届に署名するだけだ。それで君は解放される。簡単な話だろう？」

「笑わせないで。そんなことしたら絶望の始まりだわ」

すげなく答えたのは、どうせ孝徳は気にしないのだろうと思っていたからだ。

けれど意外にも孝徳は傷ついたようで、「きついな」と苦笑した。

「どうしたら俺に心を開いてくれるんだい？」

「いまさら何を言ってるの？　こんな歪《いびつ》な関係で心なんて開けるわけがないじゃない」

信号が青になる。

孝徳はアクセルを踏みながら、やや悲しそうに言葉を返す。

「忘れてるのかな？　最初に誘ったのは、瑞希のほうだったじゃないか」

「………」

確かにあのとき、瑞希は孝徳を籠絡しようとした。でもそれは、両親の仇を討つため、復讐《ふくしゅう》するためだ。決して好意からしたことではない。それに弘樹と出会ってから、復讐は弘樹と幸せになることに変わった。孝徳との結婚に承諾するなんて、冗談ではない。

（子供の頃は……あの睡蓮《すいれん》をもらったときは、孝徳さんに恋をしてたって認めるけど。そんなことを口にしたら、孝徳さんが狂喜しかねないだろうから、絶対に言えないわ）

「あの加工された睡蓮、いまも持ってくれているんだろう？」

「………」

その質問にも、瑞希は無言を貫いた。孝徳を少しでも喜ばせることを避けたかったからだ。

（あの加工された睡蓮は東十条家の自分の部屋に置いてきたままだ……いまごろは奥さまにでも処分されちゃったかな）

「瑞希」

ふいに名前を呼ばれ、瑞希は孝徳のほうを見る。

孝徳は眉を下げ、懺悔《ざんげ》するように呟《つぶや》いた。

「本当はこんな真似、したくなかった。でも君を手に入れる方法が、これしか思いつかなかったんだ。他意はない。それだけはわかってほしい」

瑞希はため息をつく。

「情に訴えても無駄よ。現実問題として、あなたが私を監禁してるのは事実なのだから」

「そうか」

それっきり孝徳は口を閉ざしてしまう。

車内に沈黙が落ちるも、不思議と息苦しさはなかった。歪な関係とはいえ、長年一緒にいたからかもしれない。

孝徳がいま何を考えているか気にはなったものの、せっかく外に出られたのだから、仮初めの自由を満喫しようと、瑞希は気持ちを切り替えていた。

（次はいつ外に出してもらえるかわからないんだもの。このチャンスを絶対に活かしてみせるわ）

隙あらば逃げ出してやろうという目論みを、瑞希は諦めていなかった。


日本一のショッピング街としても知られる高級な店が続く並木通りを、瑞希と孝徳は並んで歩いていた。セレクトショップが多く、普段の瑞希ならとても手が出ない店ばかりだったが、孝徳は遠慮なくそのひとつひとつに瑞希を連れて入っていく。

瑞希に合うからと、頼んでもいない服や靴、バッグなどを買い占め、あっという間に両手はあらゆるショップの紙袋で埋まった。

「孝徳さん、これ以上はさすがに……！」

もう何度目かの台詞に、孝徳はようやく瑞希の言葉を聞く気になったらしい。

「そうだね。そろそろランチに行こうか」

(そういう意味で言ったわけじゃないけど、こんな買い物は気が引けるから、なんとか終わってよかったわ)

「でもその前に――」

「ま、まだお店に寄るの⁉」

慌てる瑞希に、孝徳は笑って頷いた。

「絶対寄りたい店なんだ。もちろん付き合ってくれるよね？」

「は、はい……」

うんざりしながらも、瑞希は首肯して、仕方ないといった態で孝徳のあとに続いた。

孝徳が次に入った店は、有名な高級アクセサリーショップだった。

その看板を見て、瑞希は大きく目を見開く。

(ここ……‼)

瑞希には忘れようがない店だ。だから思わず目に涙がにじんでしまう。

(弘樹がくれた指輪のブランドだわ！)

給料をやりくりして、買ってくれた指輪。シルバーで、ダイヤモンドも小さくて、おそらく一番安価なものだったのだろうけれど、弘樹が瑞希のためにがんばってくれたものだ。

ちなみにその指輪はいま、瑞希の手にはない。

結婚式から連れ出されたさい、孝徳に取り上げられてしまったのだ。

よって瑞希はピンときた。

(私をここに連れてきたのは、弘樹よりいいものが買えるとわからせるためだ――！)

「最低だわ」

孝徳の背中に、精一杯の嫌悪を込めて告げる。

すると孝徳は振り向き、怪訝な顔をしてみせた。

「なんのことだい？」

「とぼけないで！」

瑞希は店員が注目しているにもかかわらず、喧嘩腰《けんかごし》で孝徳に食ってかかる。

「こんなことして、私があなたのほうを選ぶとでも思ったの？」

なぜか悔しくて、悲しくて、涙がこぼれ落ちてきた。

「孝徳さん、あなたは何もわかってないわ！」

そうして孝徳を振り切るよう、瑞希は店を出て、勢いに任せて走り出す。

「瑞希っ!!」

孝徳に呼び止められたが、うしろは振り向かなかった。

しかし数歩もいかないうちに、黒服の大きな男に行く手を遮られてしまう。

「瑞希さま。どうかお戻りください」

「——っ」

瑞希はくっと唇を噛んだ。

（これが、孝徳さんが言ってたボディーガード……！）

逃げられないことは最初からわかっていたけれど、あんな卑怯《ひきょう》な孝徳とこれ以上一緒にいるのはいやだった。自分に好意があるなら、純粋にそれを伝えればいいだけで、間違っても弘樹を貶《おとし》めるようなことはするべきではない。

「お願い。私の好きにさせて」

ボディーガードにダメ元で頼んでみたら、追いついた孝徳がうしろから答えた。

「好きにするといいよ。ただし、彼は一緒だけどね」

瑞希が振り返ると、孝徳が感情の読めない顔で立っていた。

「このカードを使えばいいから」

そう言って瑞希に、彼自身のものと思われるブラックカードを渡してくる。

啖呵《たんか》を切ったにもかかわらず、瑞希は動じた。

「そ、そういうつもりじゃ——」

「いまの瑞希にとって、俺はいらない存在なんだね」

孝徳は傷ついていないと言うように苦笑するも、その目は悲しみに暮れている。

瑞希はさらに狼狽《ろうばい》した。

「孝徳さ……」

「郷田《ごうだ》。あとは頼んだよ。帰りは車まで、瑞希を連れて戻ってきてほしい」

「承知いたしました」

郷田と呼ばれたボディーガードは頷き、瑞希に会釈する。

「何かございましたら、この郷田にお申し付けください」

「え、ええ……」

瑞希が戸惑っている中、孝徳のほうはくるりと踵《きびす》を返して瑞希から離れていく。

ちくりと、瑞希の胸が痛んだ。

（私、酷いこと言ったかな？　でも本当のことだったから――）

「参りましょう、瑞希さま」

郷田に促され、瑞希はなぜか重い足を動かして歩き始めた。


いつもはあの家の前で見張り役に就いているらしいボディーガードの郷田に見守られながら、素直に買い物や食事ができるわけがない。孝徳から託されたブラックカードも、使う気にはとてもなれなかった。それにひとりがこんなにも寂しいとは思ってもみなかった。

瑞希はいま、弘樹や東十条家より、孝徳のほうが気がかりだった。

（逃げられれば、自由になれればって思ってたのに――）

仕方なく公園にある噴水の前のベンチに何時間も座っていたら、黙ってうしろに立っていた郷田が遠慮がちに話しかけてきた。

「瑞希さま。いつまでもこうされていてはお身体に障ります」

「……黙って見守るのが仕事なんでしょう？」

瑞希の反論に、郷田がうっと返答に詰まる。けれど瑞希と孝徳の関係が心配なのか、言葉を続けた。

「孝徳さまは不器用なのです。あの方はただ瑞希さまに振り向いてほしいだけなんです」

「………………」

大きくため息をつき、瑞希は振り向くと、郷田に向かって言う。

「だとしても、何もかもやり過ぎでしょう？　自分の立場を利用してるだけの卑怯者だわ」

「そんなことはありません」

郷田はきっぱりと否定した。

「長く孝徳さまにお仕えしておりますが、あんなにまっすぐなお方はほかにおりません」

「まっすぐ、ね」

確かに瑞希のことになると盲目になり、いつだってまっすぐ気持ちを伝えてくる。あまりにもストレート過ぎて引くことも多々あるけれど、悪気がないのは瑞希にもなんとなくわかっていた。

（不器用、か……）

でもそれを認めたくなくて、瑞希はそれ以上口を開かなかった。

いよいよ夕方になり、郷田は孝徳が車を停めた駐車場まで送ってくれる。

孝徳は車の横に立ち、瑞希を待っていた。

瑞希は郷田に礼を言うと、孝徳がドアを開けてくれた助手席に乗り込む。

間もなく運転席に孝徳が乗り、車は走り出した。

「瑞希、楽しかったかい？」

何事もなかったかのように聞いてくる孝徳に、なぜだか瑞希は嘘《うそ》をついた。

「ええ、とっても」

「そうか、よかった」

孝徳は表面上笑ってはいたが、瑞希はそれが真の笑みではないことに気づいていた。

（傷ついて、いるのかな……）

謝るべきか迷うも、監禁された身の上で謝る必要がどこにあるのだと思い直す。

車内は行きと同じように沈黙が落ち、カーステレオから流れる音楽だけが響いていた。

瑞希はだんだん暗くなっていく窓の外を見続け、孝徳のほうを振り向かなかった。どうしたらいいか、何が真実で嘘なのか、考えあぐねていたからだ。

（孝徳さんの演技にほだされたらダメよ。私は監禁された被害者なのだから）

そう思うことで、瑞希はなんとか〝孝徳を憎む自分〟を保っていた。


マンションに戻ると、知子がちょうど掃除や洗濯などの家事を終えたところだった。おいしそうな料理の匂いもするから、夕食の準備もできているのだろう。大荷物を抱えたふたりを迎え、玄関で丁寧に頭を下げてくる。

「お帰りなさいませ」

孝徳から受け取った荷物を持ち、知子は先導するように部屋の中に入っていく。

「知子。きれいにしてくれてありがとうね」

ホテル並みにぴかぴかの部屋を見て、瑞希は感謝する。

知子は恐れ多いとばかりに首を横に振る。

「それがわたしの仕事ですから。あ、すぐにお風呂の支度をしますね」

「それはいい。今日はもう帰ってくれて大丈夫だ」

バスルームに向かいかけた知子を引き留め、孝徳は上着を脱いだ。

上着を預かろうとした知子だったが、孝徳は迷いなく瑞希にそれを渡す。

瑞希はかつて東十条家でそうしていたように、反射的にそれをハンガーにかけた。

「もうたくさんやってもらったから大丈夫よ。本当にありがとうね、知子」

知子に対する孝徳の言葉を好意的に取った瑞希は彼女にそう言うと、あとは自分でできると受け合った。

「ですが……」

戸惑う知子だったが、孝徳の命令に背くわけにはいかない。

「で、では、これで失礼させていただきます」

「ええ。また明日、よろしくね！」

瑞希に手を振られ、会釈で応えた彼女は荷物をまとめると、すぐにマンションをあとにした。

孝徳とふたりきりになったが、瑞希はこのとき身の危険を感じていなかった。

外では優しかったし、本当に瑞希のことを想ってくれていることがわかったからだ。

しかし知子を早々に帰した理由を、瑞希はこのあと知ることになる——。

「食事の前に私、お風呂に入ってくるわ。孝徳さんは先に食べていてくれて構わないから」

そうやって孝徳と距離を置こうとしたら、彼は「わかった」と素直に頷いた。

反対されると思っていた瑞希は拍子抜けするも、ようやくひとりになれることを喜ぶ。

（意外に素直ね。やっと私のこと理解しようとしてくれたのかしら？　それならいずれ弘樹の元に帰してくれるかもしれない……）

そんな淡い希望を持ち、瑞希はバスルームに向かった。

湯船に浸かっていると、つい先日のことを思い出す。もう懐かしくなってしまったことに苦笑しつつ、瑞希はぼんやりと考えた。

(弘樹、どうしてるかな……東十条家も。皆、孝徳さんには逆らえないから、誰も助けに来てはくれないのだろう)

「はあ……」

ため息をつき、身体を洗おうと立ち上がったところで、磨りガラスのドアの向こうに影が見える。

(えっ⁉)

瑞希は驚き、慌てて胸と下腹部を隠した。

(なんで孝徳さんが――)

彼は服を脱いでいるのか、肌色が透けている。

脳内が混乱しているうちに、当たり前のように外側からドアが開かれた。

微笑を浮かべた孝徳が、均整の取れた裸体をさらしたままバスルームに入ってくる。

「ちょっ……出て行って！」

距離を取ろうとうしろに下がると、背中に冷たい壁が当たった。

退路を断たれ、びくびくと孝徳を警戒する。

「どういうつもり⁉」

「どうもこうも、瑞希とスキンシップを取りたいだけだよ。一緒に風呂に入ることは、日頃のコミュニケーション不足の解消にも役立つらしい」

言葉通り、浴槽に立つ瑞希を捨て置き、孝徳はシャワーのコックをひねる。

ざああっと降り注ぐ湯を浴び、身体を洗い始めた。

「………」

（本当に、それだけのため……？）

怪訝な顔をしつつも、孝徳がこちらを見向きもせず鼻歌交じりにボディソープを泡立てているので、警戒心は薄れていく。

瑞希は浴槽の端に、丸くなるように膝を抱えて座った。

（お風呂に入ったら、出て行ってくれるのかな？）

シャワーで泡を流しながら、初めて孝徳が問うてくる。

「瑞希はもう身体、洗ったの？」

「い、いいえ……これから洗おうと思ったところで、あなたが――」

つい素直に答えてしまい、瑞希は自分を叱咤《しった》した。

（これじゃあ「洗ってほしい」と言ってるようなものじゃない！）

思った通り、孝徳は瑞希に湯船から上がるように言ってくる。

「だ、大丈夫！　ひとりで洗えるから！」

そう抵抗するが、孝徳は聞く耳を持たなかった。

「いいからおいで。背中を流してあげるよ」

「……っ」

孝徳の性格上、これ以上押し問答しても無駄だと察した瑞希は、覚悟して立ち上がる。

ざばっと音を立て、浴槽から洗い場に足を踏み入れた。

「せ、背中だけでいいから」

しかしそう前置くことは忘れない。

「はいはい」

軽く受け合い、孝徳は洗い場にある椅子に瑞希を座らせると、自らは膝立ちで瑞希の背中を洗い始めた。

「どう？　気持ちいい？」

「え、ええ」

余計な思考さえ働かなければ、何もいやらしくない光景だ。

(孝徳さん、本気でコミュニケーションを取るために来たのかな……もしかしたら今日のこと、気にしてるのかもしれない)

そんなことを考えていたら、急に孝徳の手が止まる。

シャワーで流すのかなと思っていると、うしろから手が伸びてきて、唐突に抱き締められた。

「——っ⁉」

逃れようとするも、強い力で抱き込まれてしまう。

「た、孝徳さ……」

「瑞希。俺は君のことしか考えられないんだ」

「……………」

「郷田とふたりで行ってしまったときも、何度も連れ戻そうかと葛藤していた」

「……………」

瑞希が答えられなくて黙っていると、孝徳の手が胸にかかった。

「あっ」

ぴくりと反応して、身体を浮かせると、そのままやわやわと乳房を揉《も》まれ、瑞希は懸命にやめさせようとする。

「こ、こんなこと——ダメよ！　今日のことは悪かったわ！　でも私だって……あん！」

乳首をこりっとつままれ、瑞希が嬌声《きょうせい》を上げた。

瑞希からは孝徳の顔が見えなかったが、彼は相当昼間のことが堪えているらしい。うわごとのように呟き続ける。

「郷田のことが好きになっていないか？」

「何言ってるの、そんなわけ——ん、んんっ!!」

指先で乳首をこね回され、両方ともすっかり尖《とが》って存在を主張し始めた。

（感じちゃダメ……！　余計に孝徳さんを煽《あお》ることになっちゃう！）

「俺のことは、嫌いなのか？」

「そ、そういうわけじゃ……」

嫌いかと問われれば即答はできない。

両親の仇として、孝徳は復讐の対象だった。さらに弘樹との結婚を邪魔された。

けれどこんなふうにヤキモチを焼く孝徳を前にしていると、復讐心も鈍ってしまい、瑞希は戸惑うしかない。

（いったいどれが本当の孝徳さんなの⁉）

強気に出たり弱さを見せたり、言動が一貫していないから混乱する。

「なら、瑞希。こっちを向いて。俺にキスして？」

「……っ⁉」

今度は甘くねだられ、瑞希は困惑していた。

（私が弘樹を好きなこと、知ってるはずなのに！）

「それとも瑞希は、俺に逆らって、庭師との愛を貫くつもりなの？」

なら、一生ここから出さないと続けられ、恐怖心に身体がぶるりと震える。

（このひとの言うことを聞かないと、私は逃げる前に壊されてしまう――）

完全に屈する形で、おそるおそるうしろを向くと、うれしそうに目を細めている孝徳とかち合った。

顎をぐいっと上向かされ、きつい体勢の中、孝徳は瑞希にキスしてくる。

「ん、んぅ……！」

「瑞希、瑞希」

孝徳は瑞希の名を呼びながら、彼女の唇を吸った。

舌で無理やり唇をこじ開け、するりと中にしのばせる。

「はっ……ん、ぅ……あっ」

粘膜が擦れ合う感覚が気持ちよくて、つい声が漏れ出てしまう。

その反応に気を良くしたのか、孝徳はさらに強く舌を押し入れてくる。

口腔《こうこう》内が孝徳でいっぱいになり、ふたりの合わさった唾液が口角から漏れ出た。

「ふっ、苦しっ……ん、ぁっ、あっ」

「俺がこんなに君を想ってること、瑞希はまだ気づかないのかい？」

息継ぎをするようにそんなことを言いながら、止まっていた孝徳の手が動き出す。

「あっ⁉　んんぅ、や、ダメ、あんっ」

乳房を強くわしづかまれ、ぐいぐいと揉まれた。

あまりに荒々しくて若干の痛みを感じる。しかし決していやではないことに、瑞希は気づいていた。泡で滑る手の感触が心地よくて、つい快楽に酔わされてしまう。

（性的に屈されてるというのに、なんで私はこんなに――）

自己嫌悪に陥っているのも束の間のこと、孝徳のもう片方の手が下におりていく。

「そ、そこは――っ」

反射的に足を閉じるも、泡だらけの太ももは簡単に左右に開かされた。

「こんなところで、これ以上は、ぁ……！」

バスルームで性行為などするべきでないと、瑞希は倫理的に思っている。たとえ互いに裸とはいえ、ここはあくまで身体をきれいにする場所だからだ。

「すまない、瑞希」

孝徳は瑞希の耳朶《じだ》を食みながら、耳元でささやいてくる。

「寝室に行くまで、待てそうにないんだ」

「そ、んなっ……あ、あ、あんっ」

下生えに手を伸ばされ、割れ目に泡だらけの指先を入れられた。泡が滑りをよくしていることで、いつもよりずっと敏感になる。

ぞくぞくと下肢から迫り上がる快感に、瑞希はびくびくと身体を震わせた。

「んぅっ、あ、そんな、そこはぁ、ああっ」

こりこりと花芽を刺激されると、理性が吹っ飛んでしまいそうな感覚に陥る。

それだけで達してしまいそうになり、瑞希は荒くはあはあと肩で息をしながら孝徳にもたれかかった。

孝徳は瑞希をかかえるようにして、秘所を攻め立ててくる。

瑞希の花びらはすぐにぬるぬるになり、石鹸《せっけん》の泡と混じって愛液が太ももに伝っていった。

「もうこんなになって……気持ちいいのだろう、瑞希？　正直に教えてほしい」

「そん、な、こと……言われて、も……ん、んぅっ」

（私には、弘樹が、弘樹が――！）

しかしなんとか保っていた理性は、孝徳の手技によってあっさりと壊されてしまう。

泡と蜜にまみれた太い指を、二本も膣内《ちつない》に挿入されたからだ。

「ああっ、深いぃっ、あ、あんっ、そこぉっ」

「瑞希……」

熱っぽい表情の孝徳が、瑞希の汗まみれの顔に迫る。

甘いキスの予感に、普段の瑞希ならそっぽを向くところだが、いまは唇に刺激がほしくてほしくて、ねだるように待ってしまっていた。

「君が好きだ。愛してる」

「ん、んぅっ」

ふたりの唇が重なる。

孝徳が無理強いする必要なく、瑞希は自ら口を開け、彼の舌を自分の口腔内に誘った。

ちゅ、くちゅっと、粘ついた音とともに、舌を絡ませ合う。

その間にも胸や蜜壺《みつつぼ》への愛撫は続いていたので、瑞希はもうおかしくなる寸前だった。

「あうっ、あっ……気持ち、い、そこ、そこぉ、もっと、もっと！」

無意識にそんな言葉が口を衝いて出る。

「いいよ、瑞希。君のためなら、俺はいくらでも奉仕しよう」

孝徳は昔からこういう態度だったことを、瑞希はいま思い出した。復讐心に駆られて忘れていたが、いつだって無理強いすることはなかったような気がする。

(孝徳さん、いったい何を考えてるの……っ)

そんな思考も、すぐに快楽の渦に溶かされていく。

孝徳は挿入している指をくの字に曲げ、瑞希の中の最奥を突いた。

「ああっ！　や、ダメ、そこは、そこはっ、あ、あっ」

恍惚《こうこつ》とした表情の瑞希は孝徳の愛撫に、ただ嬌声を上げるしかない。

孝徳は瑞希の身体を知り尽くしているから、どこが感じるのかよく知っているのだ。

ぐっ、ぐっと強く指を押し入れられ、瑞希は絶頂に向かっていく。

「イっちゃう、イっちゃう！　ダメ、このままじゃ、ダメぇっ」

「いきなよ、瑞希。俺の指で感じてくれ」

「あ、ああっ！」

奥のつるりとしこった部分を攻められ、瑞希はぷしゅっと潮を吹いた。

同時にがくがくと腰が揺れ、最高潮に達してしまう。

「はあっ……はあっ……」

秘孔からとろりと愛液が垂れていく中、瑞希は孝徳の腕の中でくたっと弛緩《しかん》していた。

「どう？　俺は瑞希を気持ちよくさせられるよ？」

「………」

この期に及んで、孝徳は自らを瑞希に売り込んでくる。

「で、でも――こんな関係、間違ってるわ……っ」

だから瑞希がそう言ったら、孝徳はなぜか鼻で笑った。

「あの庭師とはキスもしていないんだってね」

「っ⁉　な、なんでそんなこと――」

動揺する瑞希に、孝徳はなんてことないように白状する。

「探偵に調べさせたから」

「探偵？　同じ家に暮らしているのに、そこまでしたの？」

瑞希の眉間にしわが刻まれた。嫌悪感も露わに、孝徳を睨《にら》み付ける。

しかし孝徳は飄々《ひょうひょう》としており、どこ吹く風だ。

「もしあの庭師が瑞希に手を出していたら、とっくに抹殺してただろうからね」

「………」

過去のことが脳裏をかすめ、少しでも孝徳を見直してしまった自分を呪う。

最初からこうなることが仕組まれていたのだ。

東十条家の面々がそれを知っていたかどうかは不明だが――茶番となる結婚式にまで参列していたのだから知らなかった可能性が高いだろうが――、孝徳は策士だったらしい。

瑞希は無言で孝徳の腕から逃れると、立ち上がってバスルームを出ようとドアノブに手をかけた。

「どこに行く気だい？」

さすがにそれを許してくれる孝徳ではないようだ。瑞希の腕を掴《つか》み、バスルームに引き戻す。

「もう充分きれいになったから、出るだけよ」

すげなくそう告げるも、孝徳は瑞希を放さない。

「何言ってるの、瑞希。風呂はこれからだよ」

「そっちこそ何言って――んんぅっ⁉」

かっとして振り返ったところで、唇が強引に塞がれた。

孝徳が瑞希を強く抱き締め、激しく口腔内をねぶってくる。

いやいやするように顔を左右に振るけれど、孝徳の力には敵わない。男の力業で瑞希にキスし続けていた。

「ん、んぅっ、う、むぅっ」

ぐちゅ、じゅっと舌を吸い、歯列から頬の裏、口蓋まで舐《な》め尽くされる。

やがて瑞希が腰砕けになり、身体をよろめかせた。

そんな瑞希を片手で支え、口づけをほどかないまま、もう片方の手で足の間を探る。

「んぅあ、っ、はっ、んうっ、うっ」

瑞希の意に反して、身体には再び火が灯っていく。

蜜口からはとろりと愛液が漏れ出て、滑りをよくしていた。

「瑞希」

瑞希が抵抗しなくなったところで、孝徳は立った状態で、彼女の首筋に顔をうずめる。

「あっ――」

ちゅっと音を立てて柔肌を吸い、真っ赤な跡を付けていった。

舌先でつうっと鎖骨をなぞり、やや屈んで胸に差しかかる。

「んぅっあ、はんっ、ダメ、やぁっ、あっ」

つんと尖った乳首が、孝徳の口に含まれた。

孝徳は唾液を溜《た》めた口腔内で、ころころと飴玉《あめだま》のように乳頭を舌の上で転がす。

「あうっ、そ、そこはぁっ、あ、あんっ」

瑞希はあまりの快感から立っていることができず、ついに腰を折って浴槽の縁に手を付いた。

「はあ、はあ」

大きく息を弾ませていると、うしろから孝徳が迫ってくる。

「瑞希。俺の願いを聞いてくれる？」

「な、何……？」

なんのことか予想も付かなかったのでそう言ったら、至極真面目な表情で孝徳は言った。

「これからは避妊しなくてもいいかい？」

「な――」

空いた口が塞がらず、瑞希はぱくぱくと金魚のように口を動かす。

「そんなことダメに決まってるわ！　赤ちゃんができちゃったらどうするのよ！」

「それが目的なんだ」

「え……？」

真剣な孝徳の目に、瑞希は訝《いぶか》しげに彼を見た。

「瑞希との愛の証が欲しいんだ」

「だからって――」

「それに俺たちの子だよ？　きっとかわいいさ」

「そういう問題じゃないわ。何度も言ってるけど、私は――」

「庭師とは結婚させない。言っただろう、瑞希？　君は俺と結婚するんだ」

「………」

これ以上は何を言っても孝徳には通じないのだろうと、ややあって瑞希は諦めた。

（監禁されて、孕《はら》まされて、私は一生、こんな地獄から出られないんだわ……）

諦念の感情が、瑞希を支配する。

「ほら、瑞希。これを見てよ」

瑞希が顔を向けると、孝徳が完全に昂《たか》ぶった己を持ち上げているところだった。

「瑞希の中にこのまま入ると考えただけで、こうなっちゃうんだよ」

「…………」

瑞希はもう何も言えなかった。結局、孝徳には逆らえないからだ。

「――好きにすればいいわ。でも心だけは、あなたにあげない」

睨み付けてくる瑞希を、孝徳は懸命に宥《なだ》めようとする。

「そんな捨て鉢になる必要はないんだよ？　これが一番自然な形なんだから」

そう言って、浴槽の縁に摑まって屈んでいる瑞希の上に、孝徳が覆い被さってきた。

孝徳の固い一物が尻に当たり、これからの行為を前に震えることしかできない。

「瑞希。頼むよ、俺を受け入れてくれ」

「……っ」

剛直の先端が、うしろから蜜口に押し当てられた。

瑞希は息を詰め、そのときを待つ。

「行くよ、瑞希。あ、ああ……！」

ぐぐっと、孝徳が腰を進めた。

ずくり、ずくりと中が穿《うが》たれていき、瑞希はすぐに正気を失う。

「ああああっ、そんなっ、気持ちいい、気持ちいいよぉっ」

避妊具を付けない行為を嫌悪していたにもかかわらず、粘膜をじかに擦られる気持ちよさに、瑞希は完全に屈服してしまった。

「そ、そこぉっ!!」

「ああ、瑞希、君の中はなんて――！」

ふたりは直の交わりに感動して、瑞希は涙目に、孝徳は恍惚となっている。

ぐっと最奥まで肉棒を突き入れると、ふたりしてはあはあと激しく呼吸し合った。

「あ、あああっ、孝徳さ――これ、こんな……！」

「ああ、わかるよ瑞希。ここまでいいものだとは……っ」

しばらくは中に入れた状態で感慨にふけっていた瑞希と孝徳だったが、やがてどちらからともなく腰を動かし始める。

「な、何これ、すご、すごいぃっ！」

「く、うっ、瑞希、瑞希ぃ」

ぐっちゅ、ずっちゅと、体液を混ぜ合わせ、ひたすらに互いの気持ちいい部分を探り合った。

「うっ、奥、奥ぅっ」

「これがいいのか、これがほしいのかっ」

孝徳が固いもので深くえぐるものだから、瑞希はきゅうきゅうとそれを締め付ける。

「瑞希、そんなにきついと、俺が――！」

「だって、だってぇ」

体勢がきつくなり、自然と呼吸を合わせ、瑞希と孝徳は立ち上がる。

一度抜いて息をつき、向かい合って再び挿入した。

瑞希が壁に寄りかかり、孝徳が彼女の片足を上げて、下から突き上げる。

「ああぁっ、どうしよう、こんなの、ダメなのにぃっ」

「ダメじゃない、瑞希。これが、俺たちのあるべき形なんだよっ」

ぱん、ぱんっと腰を振りながら、孝徳が瑞希にキスした。

瑞希はむさぼるように孝徳の舌を吸い、快楽を追求していく。

性感帯を余すところなく刺激され、ボルテージは最高潮に達した。

「あんっ、ん、ぅうっ、はぁっ、あ、そこ、そこぉっ」

「瑞希っ、瑞希っ」

ぐ、ぐっと最奥を突かれ、限界が近づいてくる。

しかしここで瑞希は、少しばかりの理性を取り戻す。

「孝徳さっ、ダメ、このまま出したら、ぜったいっ、ダメぇ」

「俺たちの子供、ほしくないのか？」

はあはあと肩で息をしながら、真剣な目で孝徳が聞いてきた。

瑞希は首を振って、肯定とも否定とも付かない反応を示す。

「そういう、問題じゃないわっ、将来を考えるなら、いまは、いまは、これは、正しくない」

「……わかった」

孝徳の一言にほっと安堵したのも束の間のこと、何を思ったか、孝徳は瑞希を抱えた。

「な、何っ⁉」

驚く瑞希を駅弁スタイルで抱えたまま、浴槽に向かう。

そして湯船に入ると、瑞希を上にして孝徳が身を沈めた。

「湯の中なら、まだいいだろう?」

「え……?」

「中では出さないと約束するから、最後まで一緒にいかせてくれ」

「孝徳さん……」

孝徳の熱意に負け、瑞希はこくりと頷くしかない。

「瑞希、動ける?」

「わ、わかんない……っ、んんっ」

瑞希は自分から腰を動かし始めた。

再び快楽が襲ってきて、自然と悦楽の表情になる。

「あ、んんぅっ、あ、はんっ、奥、気持ちい、奥っ」

瑞希が動くたびに、ちゃぷ、ちゃぷと湯が波立った。

孝徳もまた下から突き上げ、水音が激しくなる。

「う、くっ、瑞希っ、俺は、もう――」

「あ、もっと、もっとぉ」

自然とねだってしまう瑞希の子宮口を、孝徳がごつんごつんと激しくノックしていく。

その刺激に、瑞希もまた絶頂の予感を抱いていた。

「あ、私も、私もっ、いっちゃう、いっちゃうよぉっ」

「瑞希、一緒にっ」

「ダメ、孝徳さん、お願いっ」

理性の欠片が、孝徳を正しい方向に導く。

「……わかった、わかったよ、瑞希っ。く、う――」

激しくちゃぷちゃぷと湯を波立たせながら、孝徳は瑞希を持ち上げ、ぱんぱんに張った男根を抜いた。瞬間、鈴口からびゅくびゅくと白濁が飛び出す。透明な湯の中に、白い筋がうねるように広がっていった。

「あ、ぅあっ……！」

瑞希も絶頂に達し、がくがくと腰を震わせる。

膣内が蠕動《ぜんどう》運動を始め、物欲しげにうごめいていた。

物足りなさを感じるも、これで良かったのだと、瑞希は思う。

（孝徳さんが言うことを聞いてくれて良かった――）

それにしてもなんて気持ちのいい性行為だったのかと、自己嫌悪に陥ってしまう。

（こんなんじゃ、弘樹に会わせる顔がないわ。私、どうしちゃったんだろう……）

「何、考えてるの？」

一段落したらしい孝徳に問われ、瑞希は緩く首を横に振った。

「なんでもない」

そう嘘をつき、疲れた身体を孝徳にもたせかける。

孝徳はそんな瑞希の背に腕を回し、優しく抱き締めた。


毎日そんな辱めを受けることになるかと思いきや、孝徳は家を空けることも多かった。なんでも父親の孝造が会長職に就き、実質的に現場を退くことから、いよいよ孝徳が社長になるのだという。その準備などで孝徳は多忙を極めていた。

外界との情報が遮断されている瑞希には、知子しか頼るひとがいない。

しかし知子の主人は瑞希ではなく孝徳であるため、余計なことは話さないよう言い含められているらしい。知子とはもうずいぶん一緒にいるものの、お互い完全に心を許し合えないのは寂しかった。

知子も気持ちは同じのようで、なるべく不憫《ふびん》な瑞希の目線に立って、味方でいてくれるよう振る舞っていたが、やはり東十条家や弘樹のことなど核心に迫ると、申し訳なさそうに口を閉ざしてしまうのだった。

(いったいあれから何日経ったのだろう?)

ソファに腰かけながら、ぼんやりとそんなことを考える。

この部屋にはカレンダーやテレビの類がない。瑞希を完全に自分だけの檻《おり》の中に閉じ込めようという孝徳の意思が、ひしひしと伝わってくるようだ。

最初こそ日数を数えていた瑞希だったが、時間の感覚があいまいになるにつれ、正確な日時を把握することが困難になってしまった。

とりあえず服装や寝具は秋物から冬物に変わっていたので、少なくとも一、二ヶ月は経っているだろうと思われる。

「瑞希さん、お茶が入りました」

台所からリビングに顔を出した知子が、カップを載せたお盆を持ってこちらにやってくる。

「瑞希さんが好きなダージリンの紅茶ですよ。ご一緒にクッキーもお召し上がりください」

知子がその場でしゃがみ込んで給仕する中、瑞希はいつものように声をかけた。

「知子も一緒におやつにしましょう？」

「で、ですが……」

知子は申し訳なさそうに遠慮する。これもいつものことだ。

「大丈夫。孝徳さんには黙っておくから！　このクッキー手作りでしょう？　ひとりで食べるのもったいないよ」

「は、はい。では――お言葉に甘えさせていただきます」

孝徳が不在のときは、最終的に知子は瑞希の言うことを聞いてくれる。

知子は自分の分の紅茶も用意すると、ふたりは並んでソファに腰かけ、クッキーを食べ始めた。

「おいしいなあ。知子は料理もお菓子作りも、本当にうまいね」

「恐縮です。ありがとうございます」

「ねえ、知子」

「はい？」

「いまはいったいいつなのかしら？」

「………」

食べかけのクッキーを持ったまま、知子は無言でうつむいてしまう。

瑞希は諦めたように笑った。

「わかってるわ。孝徳さんに止められているのよね。ごめんなさい、何回も同じこと聞いちゃって」

「い、いえ――でも……」

「ん？」

珍しく話が続きそうな予感に、瑞希は知子を振り仰ぐ。

知子は言葉にするのをためらっているようだった。

「知子、無理しなくていいのよ」

そう苦笑するも、知子は話したがっている。

顔が青ざめていたが、意を決したように瑞希と目を合わせた。

「これは、監禁ですよね」

意外な台詞に、瑞希が目を丸くする。

知子は続けた。

「孝徳さまは尊敬しております。孝徳さまに拾っていただき、いまの職を得られたようなものですので。ですから、あの方のために、わたしはがんばらないといけないんです」

「うん」

「最初、わたしは孝徳さまから奥さまのお世話だと仰せつかっていたんです」

「奥さま？」

思わず眉根を寄せた瑞希に、申し訳なさそうに首を垂れる知子。

「でもお世話するごとに、瑞希さんと一緒にいる時間が長くなるにつれ、これは犯罪なのではないかと思うようになりました」

「……そう」

知子がようやくそれに気づいてくれたことはうれしかったが、だからと言って知子にできることは瑞希の世話しかないと思うので、瑞希はただ諦念が含まれた相づちを打つ。

「知子がわかってくれていれば私はそれでいいよ。ありがとう。この告白には相当の勇気がいったよね？」

「は、はい――あの、瑞希さん！」

瑞希の手を取り、知子が真剣な顔で言った。

「わたし、あなたを助けたいです！」

「っ⁉」

「それは孝徳さまを裏切ることになるかもしれませんが、このままでは瑞希さんが不憫です。瑞希さんはここから出て、自由に生きる権利があると思うんです」

「知子……気持ちはうれしいけど――」

孝徳の狂気が知子に向いてしまったらと思うと、素直に喜べない。

すると知子は、意外なことを口にした。

「わたし、東十条の本家に行ったことがあります。使用人になるための契約書を結ぶためと、簡単な面接のためにです」

瑞希が目線で先を促すと、知子は勢い込んで言う。

「明日、契約の更新と現状報告のため、わたし、東十条家に行くことになっているんです」

「それって――」

瑞希の心のうちが、期待に膨れ上がっていく。

知子がわかったように頷いた。

「手紙でもなんでも、わたし、がんばって届けてみせます！」

「ほ、本当に？」

「もちろんです」

でも……と、瑞希が不安を吐露する。

「それで知子の職がなくなってしまったら、私――」

「それはないと思います」

きっぱりと否定する知子。

どこにそんな自信があるのかと思うも、彼女はクビにされることはないと言う。

「瑞希さん、あれから二ヶ月が経っています。いまは十一月です。それだけの月日を一緒にいて、信頼もしているわたしを、孝徳さんは手放さないはずです。犯罪の片棒を担ぐ相手がそう簡単に見つかるとは思えません。もちろん、瑞希さんがわたしにだけは心を許してくれている、ということが大前提ですが……」

最後はちょっと舌を出して茶目っ気を見せる知子。

そして孝徳はいま社長就任の時期で忙しいということもあり、ぜったいに隙があると知子は告げた。

「本当に……本当に、私はここから出られるの？」

まさかの展開に、瑞希は思わず放心してしまう。

知子が安心させるように微笑んだ。

「ええ。出られるよう、わたし、最大限尽力させていただきます」

「……っ」

瑞希の両目が熱くなり、涙がにじむ。

（私、私……ようやく弘樹の元に帰れるのね――！）

知子はそうと決まればと、さっそくサイドボードからレターセットを取り出した。

「こっそりですが、だいたいの話は理解しているつもりです。瑞希さんには真の婚約者がおられるとか?」

「ええ、弘樹と言うの。東十条家で庭師をやっているわ。でも——」

「でも?」

「東十条家のご主人も現役を退いたとなれば、あそこはおそらく孝徳さんの天下になっているはずだわ。弘樹の声を、どれだけのひとが聞いてくれるか……」

それなら大丈夫です!　と、知子は受け合う。

「孝徳さまは会社のほうでご多忙のため、ご実家にもほとんど帰られていないとのことです。つまりそこを狙えば——」

「弘樹と東十条家が結託する、と?」

「その通りです!」

確かにとうの本人がいないのであれば、庭師であれ弘樹の話も東十条家の面々に通りそうだ。特に真理子は、虐げてきた小娘の自分と社長になる将来有望な息子との交際を許す気はないだろうから、積極的な協力が得られそうである。

「本当に、本当に弘樹に手紙を届けてくれるの?」

念を押すと、知子は再度深く頷いてくれた。

「はい、ですから手紙をお書きになってください。孝徳さまにはぜったいに見つからないようにするとお約束いたしますので」

「わかったわ」

スマホやパソコンの類は取り上げられていたので、瑞希には古典的な通信手段しかない。

(弘樹にこの場所を伝えてもらって、なんとか抜け出せないか、東十条家と話し合ってもらうんだ。そうすれば私は、今度こそ自由になれる——!)

瑞希はそう決意するとペンを取り、白い便せんに助けを求める旨の内容を書き始めた。


その夜、数日ぶりにマンションに孝徳が姿を現した。

玄関で出迎えたとき、思わず瑞希は知子と目配せしてしまったが、孝徳は気づいていないようだった。それほどまでに疲れているようで、荷物と上着を知子に預けると、さっさとバスルームに直行する。

「今夜は知子のこと、帰さない気みたいね?」

いつもなら瑞希とふたりきりになりたいからと、入れ違いに知子を帰すのだが、世話係が必要なのだろう。

「連日の会議やら何やらで、疲弊されていらっしゃるのでしょう」

バスルームからシャワーの音が聞こえ始めて、知子がこっそりと瑞希にささやいた。

「相当お疲れのようですから、何か違和感があってもお気づきにはならないでしょう。この手紙、確かにお預かりしました」

知子はぎゅっとエプロンの上から胸元を押さえる。

そこには便せん十二枚にも渡る、瑞希の渾身《こんしん》の想いが詰まった手紙が入っていた。

瑞希が弘樹への気持ちを込め、半日かけて丁寧に綴《つづ》ったのだ。

「本当にうまくいくかしら？　抜き打ちチェックみたいなことでもあったら――」

不安になる瑞希だったが、知子は「それはない」ときっぱり断言する。

「孝徳さまはいま、それどころではないようですから。夕食の給仕と家事をこなしてから、普通に帰してくださると思います」

「そう、よね」

このとき瑞希は、なぜだか胸のうちがちくちくと痛んでいた。決して悪いことなどしていないのに、孝徳に黙ってことを進めようとしている事実に、少なくない罪悪感を覚える。

「瑞希さん、しっかりご自身を保ってください」

「え……？」

一瞬何を言われているのかわからず、呆《ほう》けた声を上げたら、知子が心配そうに言った。

「瑞希さんはこの環境に閉じ込められて、現実味が乏しくなってしまっているんです。意識をしっかり現実に向けましょう。あなたはいま、普通ではない状態に置かれています」

「え、ええ」

なぜここまで知子が共感してくれたのか。それは二ヶ月という長期にわたって、甲斐甲《かいが》斐《い》しく瑞希の世話をし続けてくれたからにほかならない。

孝徳を主人と敬い、慕ってはいるが、元より正義感の強い女性なのだろう。見て見ぬふりができないところまで、孝徳は踏み込んでしまっていたのだ。

シャワーのコックがひねられる音がして、水音が消える。

しんとした廊下に立ち尽くしていたふたりは、急いでそれぞれの場所に戻っていった。


知子の給仕で夕食を済ませ、彼女が洗濯を終えたところで、孝徳は知子を帰した。

いつもなら瑞希を自分の元に呼び寄せ、淫らな展開に持っていくはずなのだが、孝徳は相当疲れているようで、食後のコーヒーを飲みながらソファでぼんやりしている。

だからつい、瑞希は彼の様子が気になって、自分から話しかけてしまった。

「孝徳さん、すごく疲れているみたい……大丈夫なの？」

（あ、墓穴を掘ることにならないといいけど——手紙のことがあるから、余計なことは話したくないのに……！）

後悔するも、時すでに遅し。

向かいのソファに座る瑞希に、孝徳は目元を和ませる。

「俺の心配をするなんて、今日の瑞希はどこか違うな？　何か俺に隠しごとでもあるんじゃないか？」

冗談めかして言われるも、その通りだったので、瑞希は返答に窮した。

しかし孝徳がそれを不審に思った様子はないようだ。

深く息をつき、瑞希を自分の隣に座らせようと手招きしてくる。

「…………」

エッチな展開の予感にうんざりするも、瑞希は孝徳の言う通り彼の隣に座った。

しかし孝徳はいっこうにキスしたり胸を触ったりする気配がない。

不思議に思って孝徳を見上げると、彼は微笑を湛《たた》え、瑞希を見ていた。

「瑞希の顔を見るだけで安心する」

「え——」

意外な台詞に、瑞希は呆けた声を上げる。

孝徳は瑞希の肩に腕を回すと、自分に寄りかからせるよう引き寄せた。

孝徳の胸元に頭を預けた瑞希の髪を、孝徳がもてあそんでいる。

「どんなにつらく苦しいことがあっても、瑞希が俺の傍にいてくれると思うだけで、俺はがんばれるんだ」

「…………」

では、もし自分がここから去ったら——？　という質問を、瑞希は懸命に呑み込んだ。

なぜならそれは、まさにこれから現実になろうとしていることだったからだ。

「瑞希、好きだよ」

「……孝徳さん――」

胸のうちが切なくなるも、瑞希はその気持ちに応えられない。

瑞希には弘樹という存在がいる。二ヶ月も外界と遮断されても、弘樹は自分を待っていてくれていると確信していた。

そんな彼女の内情を知ってか知らずか、孝徳はそれ以上の言葉を瑞希に求めなかった。

「君がここに、俺の隣にいてくれるだけでいい」

「………」

きゅんと、心臓が音を立てたような気がする。

そして理由はわからないが、自然と涙が浮かび上がった。

「そんなこと、言わないで――」

ようやく出した蚊の鳴くような声音を、孝徳は不思議に思ったらしい。

「どうかしたの？　今日はずいぶんおとなしいけど」

いつもはすぐに喧嘩《けんか》を吹っかけてくるだろう？　と、孝徳が笑う。

瑞希は心のうちを悟られないよう、あえて孝徳から目線を逸らして言った。

「わ、私だってたまには心配ぐらいするわ。いまは忙しいの？」

その問いの答えは当然わかってはいたが、口を衝いて出てしまう。

孝徳が瑞希を抱き寄せる力を強め、瑞希の頭の上に顎を置いた。

「そうだね。大事な時期だから。だからあまり構ってあげられなくてごめんな」

「べ、別にっ」

決して構ってもらえないのが寂しいということではなかったのに——むしろ放って置かれたほうがストレスは少ないはずなのに——、そう言われると瑞希はなんだかむっとしてしまう。

（監禁したのは孝徳さんなんだから、私を退屈させないのは当然の義務よね）

「怒ってるの？」

苦笑しつつ尋ねられ、瑞希はぶんぶんと首を横に振った。本当は最初と変わらず〝監禁〟自体に怒っていてしかるべきなのだが、このときはそんなこと微塵《みじん》も頭に浮かばなかった。

「そういうわけじゃないわ。ただ、私はいつまでこのままなんだろうって思っただけよ」

「…………」

一瞬だけ沈黙が落ちるが、ややあって孝徳が答えてくれる。

「初めから言ってるだろう？　瑞希さえ婚姻届に判を押せば、すぐにでも外に出してあげられるって」

「不毛だわ。こんなんじゃ永遠に平行線よ」

瑞希は最後に孝徳の恩情を期待したが、どんなに疲れていようと、それだけは許してくれないようだ。

（もし孝徳さんが気持ちを変えてくれるのなら、私にだって考える余地はあるのに……）

「瑞希。頼むよ」

「何が？」

何度目かになる問いかけに、瑞希はうんざりするも、会話を続ける。

「俺を好きになってくれ。俺だけを見てくれ。俺だけを必要としてくれ」

「……孝徳、さん……」

至極真面目にお決まりの台詞が出てきた。それは口癖のように、ベッドでも朝食の席でも言う、孝徳の瑞希を口説く文言だ。

「私、私は――」

その気持ちにいつも応えられない瑞希は、今夜もそれ以上口にできそうになかった。

察した孝徳が、苦笑しながら深い息をつく。

「無理強いはしないって決めてるからね。君が俺の虜になるまでは、ここでじっくりふたりの愛を育もうと思ってる」

「………………」

瑞希はもう何も言えなくなった。これ以上会話を続けていたら、うっかり弘樹宛に手紙を書いたことをばらしてしまいそうになったからだ。

（なんでなんだろう……？　私は正しいことをしているはずなのに、どうしてこんなに孝徳さんにうしろめたいの……？）

もし孝徳が手紙の存在を知ったら、知子との計画はすべておじゃんになるだろう。

（知子が身を挺して助けてくれているのに、それを私が潰すわけにはいかないわ）

「瑞希」

急に名を呼ばれ、瑞希は弾かれたように上向く。

孝徳が大きな欠伸を嚙み殺した。

「今夜はもう寝ようか？　君と一緒のベッドで寝たいばかりに、いったん仕事を置いて帰ってきたんだ。それで俺を充電させてほしい」

「孝徳さん……」

いつも孝徳主導で身体を奪われているが、孝徳は決してそれだけを目的としていない。瑞希の心も欲しているのだ。だから監禁して、自分だけが救いであるように振る舞っている。

ぎゅっと、またもや胸が締め付けられた。

（孝徳さんを裏切ることになる……けれど、私には帰るべきところがあるんだ）

胸の痛みを無視して、瑞希は自身にそう言い聞かせる。

隣を見上げれば、すでに目をつぶってしまった孝徳がいた。

その寝顔に切なさを覚えながら、瑞希は彼の腕の中で目を閉じたのであった。

翌朝、瑞希は酷く不快な気分で目を覚ました。

「ん……う……」

なぜだか息苦しく、倦怠感《けんたい》が強く、身体全体が非常に熱い。

身じろぎしたことで、寄りかかっていた温もりが動き出した。

「やばい、あのままソファで寝てしまったらしい」

苦々しげな孝徳の声音に、瑞希も状況を把握する。

（そっか、寝室に行くのも忘れて――）

「だ、だか、のりさん」

「っ⁉」

朝の挨拶をしようと思ったのに、声がかれてうまく出てこなかった。

驚いたのはもちろん孝徳だ。

「瑞希？　もしかして風邪でもひいたか？」

彼は慌てて瑞希の額に手を当て、そしてさあっと青ざめた。

「熱がある……！　すまない、俺のせいで――」

孝徳のせいではないと首を横に振ろうとしたが、その動作さえきついことがわかり、瑞希は段々意識が朦朧《もうろう》としてくる。こん、こん！　と、咳《せき》も出てきた。

「とりあえず知子がくるまで、俺が看病するから！」

孝徳は熱のせいで顔を真っ赤にした瑞希を横抱きにかかえると、すぐさま寝室へ向かっていく。そこまで深刻ではないと言いたかったけれど、身体は思うように動いてくれない。

瑞希自身は気づかなかったが、監禁生活の無理がたたり、免疫が落ちたらしく、すっかり風邪をこじらせてしまったのであった。

（最近、ちょっと風邪っぽいとは思ってたけど、まさか本格的にひくなんて……）

ぼんやりする頭の中で考えているうちに、瑞希は孝徳によってベッドに寝かされた。

しっかりと肩まで毛布と掛け布団をかけられるも、熱のある瑞希は悪寒がする。

「ご、ごほん！　だ、た、孝徳さん、そんなにかけたら苦しい……！」

必死の訴えに孝徳はおろおろするばかりで、初めて見せる弱々しい顔をしていた。

「くそ、こういうときどうすればいいのか……！　知子が来たら――」

ピンポーンと、インターホンが鳴る。時間的におそらく知子だろう。

孝徳は瑞希に少し待つように言うと、小走りで玄関に向かっていった。

ややあって、寝室に孝徳とともに知子が入ってくる。

「まあ、大変！」

知子は驚くも、持ってきた体温計と水枕をさっそく瑞希にあてがった。

「瑞希さん、何か食べられそうですか？」

心配そうに自身の顔を覗《のぞ》き込んでくる知子に、瑞希はふるふると首を横に振る。

「き、気持ち悪い……」

「そうですか。では――」

そのとき、ピピッと体温計の音が鳴った。

知子が瑞希の脇から取り出すと、それを見て目を丸くした。

「孝徳さま……っ」

孝徳に見せると、彼もまた驚愕《きょうがく》の表情を浮かべる。

「三十九度、だと⁉」

「いったい昨夜何があったのです？　瑞希さんにご無理をさせないようあれほど――！」

珍しく知子が主人に食ってかかると、孝徳は意外にも申し訳なさそうに頭を垂れた。

「すまない。この寒い中、ソファで眠ってしまったんだ」

「孝徳さまもご一緒に？」

「ああ」

「念のため、孝徳さまも体温を測っておいてください」

知子に促され、孝徳は自らも体温計を差し込む。

しばらくののち、三十六度という数字を見て、ふたりはほっと安堵した。

どうやら普段から身体を鍛えている孝徳は、ソファで寝ることぐらい平気だったらしい。

監禁状態の瑞希は特に運動する機会もなかったので、気づかないうちに日に日に弱っていたのだった。ちょっとしたきっかけで風邪をこじらせてしまったわけだ。

「孝徳さまはどうぞお仕事に行かれてください。あとはわたしが瑞希さんの面倒を看ますので」

瑞希の前で、壁にかかる時計を見た知子が、慌てて孝徳の着替えを用意し始める。

そんな慌ただしく動き出した知子を、しかし孝徳が押しとどめた。

「構わない。今日は休んで、瑞希の看病をする」

「で、ですが――」

知子は目を見開き、小声で続ける。

「今日は孝徳さまの、〝社長就任披露祝賀会〟じゃないですか！」

文字通り、孝徳が新社長として社員の前で決意表明する日だ。前社長である孝造は相談役顧問となり、そちらも挨拶することが決まっている。それから新役員会のお披露目をするのだ。つまり絶対に外せない予定が、今日の孝徳にはあった。

孝徳は少しだけ思案したあと、ベッドの中からやりとりを見つめる瑞希に目を移し、眉を下げる。

「わかってる。スタートから欠席したら、今後の俺の信用問題にもかかわってくるだろう」

「ええ、そうです。だから急いで――」

「それでも俺は、瑞希の傍にいたい」

知子の言葉を切り、孝徳はきっぱりと言った。

困ったのは知子だ。ここまで頑なな孝徳に、どう対応していいかわからない様子だ。主人には逆らえなかったが、だからと言って役割を放棄させるわけにもいかない。

「お、お気持ちはよくわかりますが……ここにはわたしがおりますし……」

おそるおそるといった態で知子が自分の存在を主張するも、孝徳はどこ吹く風だ。彼は昨日から着ていたネクタイを緩め、シャツを脱ぎ始めた。

「着替えたら、瑞希に必要なものを買いに行ってくる」

そうして寝室から出て行く孝徳のうしろ姿を、瑞希は知子とともに見送ることしかできなかった。


孝徳が買い物に出かけている間、知子は瑞希の汗を拭いながら、傍で看病してくれていた。瑞希は完全に弱ってしまっており、苦しんでいた。

「これは病院に行くしかないかもしれませんね……」

知子の懸念に、瑞希がうっすらと目を開けて反応を示す。

「病院……？」

「ああ、瑞希さん！　意識が戻ったんですね。よかった……！」

ほっと胸を撫で下ろす知子だったが、瑞希は未だぼんやりとしていた。

「それは……きっと、無理だわ……」

「え？　病院が、という意味ですか？」

知子の問いに、瑞希がなんとか頷く。

「だ、孝徳さんは、私をここから、出してはくれないもの……それよりあの手紙は？」

「あっ……瑞希さんがご病気で、すっかり報告を忘れていました！　手紙はぶじに渡してきたので、どうかご安心ください。それにご病気は別ですよ！」

さすがにそこまで薄情ではないと知子が言うが、瑞希はその点に関しては完全に諦めていた。

（手紙が弘樹の手に渡ったのなら、私にできることはもうないわ……）

そのまますっと目を閉じ、再び眠りにつこうとしたとき、玄関が開けられる音がする。

「っ‼」

知子が急いで寝室を出ようとするのを、瑞希はその腕を取って引き留めた。ぎょっとして、知子が振り返る。

「み、瑞希さん⁉」

「わ、私も連れて行って……っ」

「でも、そんな状態で――」

しかし瑞希はためらう知子の肩を借りると、ほとんど引きずられるようにして寝室をあとにした。

リビングにやってきた瑞希と知子を見て、孝徳はぎょっとして買い物袋を取り落とした。テーブルに置き損ねた荷物から、風邪薬や栄養剤、オレンジやスポーツドリンクなどが転がっていく。

げた。

「知子！　なぜ瑞希を寝室から連れ出したんだ⁉」

早く戻せとばかりに知子から瑞希を受け取るも、彼女はつらい身体を押して孝徳を見上げた。

「た、孝徳さんっ……いまからでも遅くありません……！　就任式に行ってください！」

「瑞希――」

驚いて目を丸くする孝徳。

瑞希がぜえぜえと肩で息をしながら言葉を続ける。

「真理子さんがどれだけこの日を待ちわびていたか、私はよく知っています。それに孝造さんも……会社の皆さんだってきっとそうです。あなたは上に立つにふさわしいひと……だから、私のことより大事なことをなさってください……！」

孝徳と知子は、お互い瑞希にかける言葉に窮していた。

瑞希は、さらに言う。

「知子がいてくれれば、私は大丈夫です……！　郷田さんもいてくれていることですし、何か必要だったらふたりに頼みます……だから、お願いです……っ」

瑞希がなぜ懇願してまで孝徳を送り出そうとしているのか、とうの孝徳は少しばかり穿った見方をしていたようだった。自分がいない間、病院に行くとの名目でここから逃げ出すのではないかと、そんな不安が顔に書かれていた。

けれど意識が朦朧としている瑞希は、手紙が弘樹の手に渡ったこともあり、逃げようなど微塵も考えていなかった。それどころか無理を押してまで、孝徳を正しい道に導こうとしている。

それにいち早く気づいた知子は、さっと身を翻してクローゼットに向かっていった。

「瑞希……」

感慨深げに孝徳は瑞希の手を引くと、とりあえずソファに座らせる。

瑞希はこんこん咳をし、ときには鼻をすすりながらも、まだ孝徳を諭していた。

「いよいよ東十条建設の新社長のお披露目なんですから、そんな顔しないでください」

額から汗を流しながらも、瑞希がふわりと笑う。

「孝徳さんは、社長らしく、いつも威厳に満ちているほうが似合っています」

「………」

孝徳が何も言わないままでいると、知子がリビングに戻ってきた。その手にあるのは、クリーニングから戻ってきたばかりの上等なスーツだった。

孝徳は知子から無言でそれを受け取ると、さっと着替え始める。

その様子を見て、瑞希と知子はほっと胸を撫で下ろした。

(私のせいで孝徳さんの人生を潰すことになってはいけないもの……)

知子とともにここから逃げ出す算段はしていたものの、瑞希には間違いなく孝徳に対する情があった。これだけ長い付き合いなのだから、それはある意味当然だったと言ってもいい。どんなに酷い扱いを受けても、孝徳を完全に見限ることはできなかった。

（もしも私がいなくなっても、会社での地位が確立されていればきっと、彼は幸せになれるはずだわ）

そうこうしているうちに、孝徳は準備を終えたらしい。きっちりと着こなしたスーツ姿の彼は、いつもよりずっと格好よく見えた。

極度の頭痛に襲われていた瑞希だったが、痛みを押し殺し、懸命に微笑んでみせる。

「それでこそ孝徳さんです……！」

「……ありがとう、瑞希」

危うく自分で築き上げた人生を捨てるところだったと、孝徳は反省を口にした。そして瑞希の前までくると、彼女の頭を優しく撫でる。

「俺が帰るまで、おとなしくしてるんだぞ？」

「わかってます。知子も郷田さんもいてくれるから、私は大丈夫です」

「そうか」

孝徳は微笑むと、知子が用意していた鞄《かばん》を受け取り、仕事に出かけた。

玄関まで孝徳を送りに出ていた知子がリビングに戻ってきたとき、瑞希は完全に気が抜けてしまい、ソファの上で横になっていた。

「瑞希さん、さあ、寝室に戻りましょう」

「え、ええ……」

行きと同じように知子に肩を借りて寝室に向かう。

途中、知子がそっと声をかけてきた。

「瑞希さん。どうして、あそこまで孝徳さまに――」

知子にしてみれば、ここを去れるかもしれない状況下で、そこまで孝徳を気遣っていたことがどうしても不思議だったらしい。

「もしかしてこれから病院にでも行って、そのまま逃げるおつもりなんですか？」

朦朧とする頭を働かせ、瑞希はなんとか答えを口にした。

「わからないの」

「え――」

「ただ……私は、孝徳さんには、いつまでも孝徳さんらしくいてほしい……考えてたのはそれだけだったわ」

「瑞希、さん」

知子は複雑に眉根を寄せつつ、瑞希を抱え、寝室に向かう。

「じゃあ、逃げる気は最初から……？」

「おかしいわね、いまはそんなこと考えられないの。病気だからかしら……」

意識がぼんやりしている瑞希自身は、自分の変化に気づいていなかった。明らかに自分と孝徳の関係に、変化が訪れつつあると――。

孝徳が戻ったのは、予定よりずっと早い時間だった。玄関で迎えているであろう知子への挨拶もそこそこに、急いで寝室に向かってくるらしい足音が聞こえる。

「瑞希っ」

孝徳はベッドサイドに駆け寄り、膝立ちになると、瑞希の顔を覗き込んできた。

ひとの気配を間近に感じて、瑞希はうっすらと目を開いた。

「たか、のりさん……？」

「ああ、そうだよ。ただいま」

瑞希のほてった手を取り、その甲に口づける。

瑞希は孝徳のほうを振り向いた。

「お早くないですか？」

「ああ。懇親会は挨拶だけして、すぐに帰ってきたんだ」

「そんな……」

瑞希が眉を下げたので、孝徳は安心させるように言う。

「大丈夫。君のおかげで、就任式は滞りなく終わった。無事に社長になれたんだよ」

「孝徳さん……！」

瑞希の顔が、ぱっと明るくなる。

「よかった。本当によかったぁ……」

目を細めたら、にじんでいた涙がすうっと頬を滑っていった。

それに感動して、孝徳はなぜか泣きそうな顔をする。

「瑞希、君がいないと俺は仕事も手に付かないほどダメになるんだ。俺は、君が必要なんだよ」

「孝徳さん……」

風邪のつらさで表情には出なかったが、瑞希の胸中は複雑だった。

(これまでちゃんとやってきたんだから、私がいなくなっても本当は、大丈夫よね？　同情を誘って、そう言ってるだけよね？)

「君は俺のことを、同じように思ってくれているのかな？」

「………」

その問いに答える勇気が出なくて、瑞希はつい聞こえないふりをしていた。

「瑞希？」

するとドアの外から、こんこんとノックする音が聞こえてくる。

「孝徳さま、お食事の用意ができました。瑞希さんのおかゆもできましたので」

「ああ！　わかった、ありがとう」

孝徳は「すぐに戻るから」と言って瑞希の手を離すと、立ち上がって寝室を出て行く。

残された瑞希はひとり、頭を悩ませていた。

それから孝徳は毎日、遅くとも二十時には帰宅するようになった。忙しいのか聞いてもはっきりとは答えてくれず、ただただ瑞希の傍にいてくれた。

結局病院にかかることはなかったが、医者に直接往診に来てもらったことで、瑞希の風邪は日増しによくなっていき、三日後には普通食も摂れるまでに回復した。相変わらずベッドの上にいる時間は長かったが、ほぼ治ったと言っても過言ではなかった。

風邪が移ってしまうから寝室を分けようと提案したのに、孝徳が頑なにいやがったため、仕方なく瑞希は毎夜孝徳と一緒に眠っていた。幸いにして孝徳に風邪が移ることはなかったが、瑞希は逆に心配していた。自分が回復し次第、再び身体を奪われる日々が始まるのではないかと。

しかしそれこそ杞憂《きゆう》だった。

瑞希がだいぶ普通に生活できるようになっても、孝徳はただ傍にいてくれるだけで、ぜったいに手を出してくることはなかったのだ。

（どういう心境の変化なんだろう……？）

つい疑念を持って孝徳を見てしまう瑞希だったが、彼女の意に反して、彼はひたすらに優しく、思いやりがあった。

知子と一度ならずそんな孝徳について話し合ったが、彼女の見解は瑞希を失いそうになったから触れるのが怖くなったのではないか？　というようなことだった。

（そんなことないと思うんだけど……でも会社のほう、大丈夫なのかな？）

その疑問をある晩、孝徳とともにベッドに並んで横になっていたとき、ふいに瑞希は口にしてみた。

「あ、あの……最近、その……」

しかし「セックスしないですね」などという率直な言葉がすぐに出てくるわけがなく、ついどもっていると、孝徳のほうが読んでいた新聞をたたみ、目を細めてこちらを見つめてきた。

「どうした？　俺が恋しいのか？」

「ち、ち、ち、違っ」

羞恥に身悶《みもだ》える瑞希の肩に腕を回し、孝徳は彼女を抱き締めた。

「……っ」

じいんと、孝徳の温かい熱が素肌から伝わり、覚えずうっとりと目を閉じそうになる。

（私、さっきからどうしちゃったんだろう？　こんなふうに抱き締められるなんて、何度もあったことなのに――）

自問に自答しようとするも、答えは見つからない。

代わりに孝徳が口を開いた。

「瑞希。俺はこれまで、君への対応を間違っていたよ」

「え……」

「子供の頃から、なんでも自分のものにしないと気が済まないたちで、それこそ地位や権力を利用してきたことは間違いない」

（東十条家のひとり息子だもの、それは当然よね）

「君に執着し出したのも、最初はその一端だったように思うんだ」

「最初は？」

　きょとんと瞬き、孝徳を見上げると、彼は苦笑する。

「そう、子供だったんだ。俺は欲張りだったからね。でも――」

　睡蓮の花をあげてから、ずっと瑞希が忘れられなかったこと。留学中も瑞希のことが頭から離れなかったこと。帰ってからも瑞希がほしくて仕方なかったこと。瑞希さえいればほかには何もいらないと思うようになっていったこと……孝徳は自嘲気味に話してくれた。

「これまでに別の女性と交際したこともあったが、こんなふうに自分を見失うまで相手に入れ込むことはなかったんだ。告白するが、俺は瑞希を抱くまで童貞だったんだ」

「孝徳さん……」

　童貞宣言にはさすがに驚かされるも、それより何より孝徳の気持ちに胸がざわめく。

「瑞希」

　至極真剣な顔になって、孝徳が瑞希を見つめてくる。

　瑞希も己の心臓の高鳴りを感じながら、じっと孝徳を見上げた。

「俺は君が好きなんだ。心から愛してるんだ。俺には君しかいないと、本気で思ってる。君がいないと俺には、生きてる意味さえない。君が傍にいてくれるなら、いまの地位や権力を手放したって構わない」

「……っ」

まさかのタイミングでの率直な告白に、瑞希は目をしばたたく。

（いつも冗談混じりに言われていたけど、こんなふうに告白されるのは初めてだわ）

瑞希は自らも何か言わなければならないと、懸命に口を開こうとするも、言葉がぜんぜん出てこなくて、ただ金魚のように口を開閉することしかできなかった。

孝徳もまた、そんな瑞希の態度を気にしていないようだった。

「長い目で見るつもりだから。いまはこうして、同じベッドで眠れるだけで俺は幸せなんだ」

「…………」

なぜかきゅんと、胸がときめく。

もしかしたらこれはストックホルム症候群ではないかと、瑞希は自分で自分を疑う。

ストックホルム症候群とは、監禁事件などの被害者が犯人と長い時間をともにすることにより、犯人に過度の連帯感や好意的な感情を抱く現象のことを言う。

（いまの私では、正常な判断はできない――）

瑞希はなるべく冷静さを意識して、余計なことは言わないよう口を閉ざすことにした。

（看病も告白も、ぜんぶ彼自身のためなのかもしれない）

「さて、もうそろそろ寝ようか？」

「っ……そ、そうね！」

思考に没頭していた瑞希ははっとして、我に返る。

身体を求められることを覚悟したが、孝徳は布団を被って寝る態勢に入った。

「…………」

瑞希はそんな孝徳を尻目に、複雑な想いを抱えながら、静かに布団に潜り込むのだった。

第四章　現実への帰還

一緒にいるのに身体を求められない日は、あの風邪の日々だけに限らなかった。忙しい孝徳は時間を見つけては瑞希の顔を見に帰り、そのまま仕事場に戻っていくということも珍しくない。

すっかり張り合いがなくなり、弘樹とのことを忘れそうになることもしばしばで、瑞希はそんな自分の気持ちの変化に少なくない危機感を覚えていた。

そんなある日の朝、孝徳が仕事に出たところを見計らい、知子がこっそり声をかけてくる。

「瑞希さん。これから瑞希さんの救出隊がやってくることになっています」

「えっ……!?」

あまりに急な展開に驚く瑞希。

知子は防犯カメラの存在を考慮し、さらに声を潜めて先を続けた。

「あれから密にお話しできなくて申し訳ございませんでした。孝徳さまはぬかりなく瑞希さんを監視しているので、あまりこそこそするのはよくないと思っていたのです」

「え、ええ……そ、それで、救出隊って――」

瑞希の心臓がドキドキと急速に跳ね上がっていく。

（私、自由になれるの？）

知子は安心させるよう笑顔で頷《うなず》いた。「最初からお話ししますね」と前置いて、ことの次第を語ってくれる。瑞希が風邪をひいたことにより、話す機会を逃していたらしい。

「契約更新のあった日、あの手紙を預かった翌日ですが、わたしは東十条の本家に行きました。それから奥さまの隙を衝いて、庭師のための小屋にぶじに潜入することができたのです」

「じゃ、じゃあ、あの手紙の効果が……！」

期待に目を大きく開くと、知子が首肯した。

「うそ……よ、よかったぁ……！」

瑞希の瞳が潤む。

結婚式場での無礼への謝罪、孝徳との関係を黙っていたことなど、瑞希は泣きながら文章を綴《つづ》った。

「弘樹さんも泣いておりました。わたしももらい泣きしてしまって……」

思い出したのか、知子も涙腺が緩んでいるようで、両目に涙がにじんでいる。

「本当にお優しい方のようですね。瑞希さんは素敵な男性と一緒になるべきです」

もちろん孝徳さまが素敵ではないという意味では……と、知子は言葉を濁した。

くすりと、瑞希は笑ってしまう。

「ありがとう、知子」

「救出隊ですが、音頭を取っているのは東十条の奥さまです。弘樹さんが直訴して、あらゆる人脈を活かして相応の人々を集めたということでした」

「弘樹の言うことを、雇い主の真理子さんが聞いたの？」

不思議に思って尋ねる瑞希に、知子は深く頷いてみせた。

「東十条家としても、これ以上大事な跡継ぎが瑞希さんにばかりかかずらわっている状況はとても許せるものではないそうで、居所が知れたのであれば、一刻も早く引き剝がしたいということでした」

ここを出たあとは東十条家に身を隠すという計画らしい。

「……なるほど」

瑞希は苦笑する。

「つまりお互いの目的は違えども、弘樹と真理子さんの利害が一致したというわけね」

「そういうことになります」

(あの傲慢で高飛車な真理子さんらしいけれど、それが救いになったわけか)

知子は時計を見て、「あ！」と声を上げた。

「孝徳さまがぜったいに戻らないと思われる十時には救出隊の皆さまが来てくれる手筈《てはず》になっているんです。郷田さんも今日は、奥さま直々の命令で別の仕事に就かれています。

瑞希さん、急いで荷物をまとめてください」

「わ、わかった！」

慌てて自室に向かおうとした瑞希は、ここではたと気づいて足を止める。

「ね、ねえ……ちょっと待って。私がここを出たら、片棒を担いだ知子はどうなるの？

孝徳さんはあなたを――」

「そこまでで構いません、瑞希さん」

「知子っ」

事情を察して、瑞希は眉を下げた。

（知子はすべての罪を被って、孝徳さんの罰を受ける気なんだわ！）

「あなたを置いていけない！　お願いよ、一緒にここを出ましょう？」

「…………」

しかし知子はすべてを悟った顔で、首を横に振るのだった。

「わたしが瑞希さんの盾にならないと、せっかくの救出計画が無駄になってしまいます。

どうかわたしのことは忘れてください」

「何言ってるの!?　私たち、いつも一緒だったじゃない！　姉妹も同然だわ!!」

「瑞希さん……！」

泣き笑いの表情で知子が感涙にむせぶ。

「あなたのような素敵な女性にお仕えできてよかったです。だからどうかお幸せになってください」

「知子!!」

瑞希は懸命に説得しようとするが、知子は決して頷こうとしなかった。

「わたしは孝徳さまと一緒に、ここに瑞希さんを閉じ込めていた罪人です。罰せられるのは当然の報いですから」

「知子……」

知子は顔をくしゃくしゃにした瑞希の背を押し、彼女を急がせる。

「さあ、時間がありません。瑞希さん、早く荷物を。もうここには二度と戻らないのですから、お忘れものがないようになさってください」

「……っ」

まだ何か言葉にしようとするも、瑞希は知子の強い意志を汲《く》み取った。

「知子。これだけは約束して。ぜったいにまた会いましょう」

「——わかりました。ほとぼりが冷めた頃合いに、わたしのほうから瑞希さんの元に会いに行きます」

「お願いね」

知子の返答に最初こそほっと胸を撫《な》で下ろしたが、それが建前だということに、自室に入ってから気づく。

(孝徳さんはぜったいに知子を許さないだろう……社会的な制裁を加えることもあるかも

しれない)
だからと言って、瑞希にできることは何もない。
(ごめんね、知子。私のほうから会いにいけるように、私もがんばるから……!)
そう懺悔《ざんげ》しつつ、瑞希は荷物をまとめ始めた。

予定の十時ぴったりに、インターホンが鳴る。

知子は荷造りの終わった瑞希と顔を合わせ、頷いてみせた。

テレビ画像を覗《のぞ》き込むと、大勢の屈強そうな男性が作業着姿で立っている。その中に懐かしい顔を見つけ、瑞希は思わず泣き崩れてしまった。

(弘樹——!!)

そう、いまごろは共に新婚生活を送っているはずだった弘樹が、救出隊に混じっていたのだ。

「弘樹さんも一緒だなんて、わたしは聞いていません。おそらく奥さまに無理を言ってお願いしたのでしょう」

知子が解錠のボタンを押した。

「さあ、瑞希さん。準備はできましたか? 孝徳さまが嗅ぎつけている可能性は低いですが、邪魔されることも考慮しなければなりません。東十条のお屋敷にお着きになるまで、どうかごぶじで……！」

「知子っ……本当に、本当にありがとう！　あなたがいたから、私は――」

瑞希と知子は互いに抱き締め合う。

抱擁を解き、ふたりともが涙に濡れた顔を見て笑い合った。

「泣いてばかりだね」

「本当に」

「……孝徳さんの罠《わな》という可能性は、本当にないと思う？」

至極真面目に瑞希が聞くと、知子も神妙な面持ちで「はい」と受け合う。

「孝徳さまはいま、社長に就任したばかりでお忙しい御身です。それにわたしを信用してくださっています。ご実家にも帰っていないということですし、今回の計画がばれることはないと思います。何よりご自身の籠の中で手懐けた瑞希さんが裏切るとは到底考えていないでしょう」

「そう……うん、そうよね。大丈夫」

言いながら、孝徳の顔を思い浮かべると、なぜだか胸がちくりと痛んだ。

（なぜだろう、こんな大事なときに。ここから出ることは正しいことなのよ、瑞希）

自分に言い聞かせる必要が出てきたことに、瑞希自身が驚く。

けれども心の中では、垣間見てきた孝徳の数々の優しさが蘇《よみがえ》っていた。

（東十条家から庇《かば》ってくれていたのに、私はとうの東十条家に帰るのね）

間違っていないはずなのに、どうしてもわずかな引っかかりを覚えてしまう。

そのとき部屋のインターホンが鳴った。

「っ⁉」

ふたりして、玄関に顔を向ける。

知子が廊下を歩き、鍵を開けに行った。

（もう戻れないところまで来てるんだ。私はここから逃げる、逃げるの……！　監禁されてた被害者なんだから、当然だわ。これが正解なんだから！）

瑞希は邪念を振り払うと、意思を強く持ち、動向を見守っている。

知子がドアを開けたのだろう、どやどやとひとが入ってくる足音が聞こえた。

リビングの入り口に立ち尽くしていた瑞希の目に、弘樹の姿が映る。

お互い大きく目をみはって、この状況が信じられないと言うように、向かい合ったまま沈黙が流れた。

「ひ、弘樹っ……」

ようやく声になった瑞希の元に、一足飛びに駆けつける弘樹。

弘樹が瑞希を抱き締めたときには、瑞希の目からは涙がとめどなくぽろぽろとこぼれていた。

「瑞希っ、ぶじでよかった……！　本当に、ぶじで‼」

「弘樹、弘樹っ」

愛しいひとの名を連呼する瑞希の頭を撫で、弘樹が「もう大丈夫だよ」と落ち着かせる。

「大丈夫だ、瑞希。もうお前がつらい思いをすることは一生ない」

「それはどういう——」

「東十条家が今回の件に全面的に協力してくれてるんだ。これからは孝徳さまには見つからないところで、ふたりで生きていける！」

「本当？　そんなことが本当にできるの？」

一度離れ、互いの顔をよく見る瑞希と弘樹。

弘樹の顔は記憶より、心なしかやつれているように見えた。それほどまで心労が祟《たた》ったのだろうと思うと、瑞希は胸が痛くなる。

（ずいぶん心配させちゃったんだろうな）

「瑞希は身体の健康状態のほうは問題なさそうだな」

「え、ええ……」

「今度こそ、ふたりで生きていこう。誰にも邪魔されない世界で」、

「弘樹……」

見上げると、弘樹がくしゃりと顔を歪《ゆが》めて笑った。

「僕の夢、覚えてる？」

「夢？」

きょとんとする瑞希に、弘樹が答えた。

「〝すばらしい妻とたくさんの子供たちに囲まれて暮らすこと〟」

「ああ……」

瑞希は弘樹の優しい心のうちに触れ、安堵《あんど》した。

「もちろん覚えてるわ。この二ヶ月、叶《かな》えてあげられなくてごめんね」

「瑞希は悪くない」

きっぱりと、弘樹が強く言い切る。

「悪いのは孝徳さまだ。だからこの二ヶ月何があったとしても、僕はお前を受け入れる」

「弘樹、でも仕事は――」

「辞めてきた」

「ええ⁉」

ぎょっとする瑞希に、「心配するな」と受け合う弘樹。

「今回の救出隊に入りたいと志願したんだが、僕が行くと孝徳さまに動向がばれると言われて、拒否されていたんだ。だけど、どうしても最初にお前を助ける役になりたくて、奥さまに無理を言った」

「それで仕事と引き換えに……?」

「うん」

また別の家で庭師の仕事を探せばいいし、それがダメならアルバイトでもなんでもしてお前を養ってやると、弘樹は続けた。

「弘樹……それはとてもうれしいけど、そこまでしなくても――」

庭師は弘樹の生きがいで、天職だったはずだ。瑞希のために、すべてを失わせてしまったことに、彼女は戸惑う。

「弘樹のお祖父さまも、その前も代々東十条家の庭師だったじゃない。それに命を懸けていたのに……！」

「僕が命を懸けてでも守りたいと思ったのは、お前だけだ。瑞希」

弘樹に引き寄せられ、再び彼の腕の中に収まる。かなり興奮しているようで、鼓動がとても速かった。

（私との再会を、こんなにも喜んでくれるなんて……私にはやっぱり弘樹しかいないんだわ……！）

「瑞希。好きだ、愛してる。これからはぜったいにお前を離さないと約束する」

「弘樹――」

瑞希が返答する前に、ほかの救出隊が瑞希の荷物を一通り回収したらしく、こちらの様子を窺っている。

注目の的になっていたため、慌てて瑞希は弘樹から離れた。

「あ、あの、ご苦労さまです！」

瑞希が言うと、屈強そうな男たちが帽子を取って挨拶してくる。

ぱたぱたと、知子がリビングに走って入ってきた。

「瑞希さんの荷物はこれで以上です。ではそろそろ――！　どうかお急ぎください。なんでも昼休みに孝徳さまが瑞希さんの顔を見に戻られるらしいのです。今し方、電話が！」

「孝徳さんがっ⁉」

びくっとすくみ、蒼白《そうはく》になる瑞希の手を取り、弘樹が玄関に向かい廊下を進み始めた。

「大丈夫だ、瑞希。でも少し急ぐよ。さあ、皆さん！」

弘樹の号令に従い、救出隊が次々に荷物を持って部屋を出て行く。

「知子、知子！」

瑞希は必死で、姉妹のように過ごしてきた恩人の知子を振り返る。

知子はリビングに残ったまま、うっすらと微笑を湛《たた》えていた。

「知子！　約束よ！　ぜったいにまた会いましょうね‼」

玄関のドアの前で、知子は手を振り続けていた。


東十条家の屋敷の門の前に、真理子が立っていた。よほど今回の計画がうまくいくか心配だったのだろう、車から降りてくる瑞希を見てほっと胸を撫で下ろしたようだ。

念のため車は二台に分け、遠回りまでしてきたのだが、孝徳が気づいた様子はまだないようだ。今回の救出作戦はぶじに遂行されたと言っていいだろう。

「ご無沙汰しております、奥さま」

瑞希が丁寧に頭を下げると、真理子は苛立ちも露わに、さっさと中に入るよう命じた。

「誰かに見られる前に、早くしなさい」

「はい」

きょろきょろと屋敷の前の通りを確認してから、真理子は瑞希と彼女に寄り添う弘樹、救出隊のメンバーを中に入れ、門を固く施錠する。

東十条家の一番奥、離れの畳部屋に通されたとき、瑞希は真理子に礼を述べた。

「私のためにご尽力していただき、ありがとうございます。準備ができましたら、すぐに出ていきますので」

荷物はすべてこの部屋に運ばれ、救出隊のメンバーはいなくなってしまった。

「いいえ。あなたはこの東十条家が責任を持って匿います」

「えっ……で、でも、ここは孝徳さんのご実家――」

「灯台下暗しさ」

戸惑う瑞希に、弘樹が言う。

「奥さまはまさかご実家にいるとは思わないだろうと、考えてくださったんだ」

「それはわかるけど、弘樹は？　ここの庭師の仕事も辞めたのにどうする気なの？　離れて暮らすの？」

瑞希の矢継ぎ早の質問に、真理子が面倒臭そうに答えた。

「弘樹はこうなることを見越して庭師を辞めたのよ。弘樹がうちから消えたように見せかければ、孝徳さんなら必ず瑞希が弘樹と一緒に逃げたと思うでしょうから」

「じゃ、じゃあ……私と弘樹は、ここでご厄介に――？」

「本当に厄介者だわ」

きっぱりと真理子が言うも、こんな対応は慣れっこだったので、瑞希はいまさら傷つくことはない。それよりも真理子がそこまで綿密に計画してくれたことのほうが驚きだった。

（私たちのために奥さまがそこまでなさるなんて……）

「孝徳さんが結婚するまで、あなたたちはこの離れで静かに暮らすのよ」

「け、結婚っ⁉　孝徳さんには婚約者でもいらっしゃるのですか？」

当たり前だとでも言うように、真理子は瑞希を睨《にら》む。

「大企業のご令嬢との縁談がまとまりかけていたのに、あなたが先に結婚式を挙げたせいであんなことに……っ」

「奥さま。それは瑞希のせいではございません」

弘樹が思わず反論するも、真理子は瑞希の存在こそが許せないようだった。

「いいえ。ぜんぶこの娘がいけないのよ。色目を使って、孝徳さんを誘惑したのだから」

「………」

瑞希は完全には否定できず、うつむいてしまう。

（確かに最初、復讐《ふくしゅう》のため孝徳さんを籠絡しようとしたのは事実だから、そう思われても仕方ないことだわ）

何も言わない瑞希に代わり、弘樹が口を開く。

「ともあれ約束通り、生活費諸々は東十条家で負担していただけるんですよね？」

（約束？）

瑞希が顔を上げ、弘樹と真理子を交互に見つめた。

「……もちろんよ。それが条件でしたからね」

「あ、あの……さっきからなんの話を――」

おそるおそる瑞希が話に割って入ると、まだ瑞希の存在が気に入らないのだろう、真理子がつっけんどんに答えた。

「弘樹はあなたを東十条家が全面的に守ることを条件に、庭師を辞めたのよ。代々続く家業を捨ててでも、あなたと一緒にいたいんですって。庭が一時的に荒れることぐらい、孝徳さんをあなたから引き離せればなんてことないわ。だからわたくしにはどうでもいいことだけれど、孝徳さんを美紀子《みきこ》さんと結婚させるチャンスだから、願ってもない申し出だったのよ」

「………………」

（美紀子さんってきっと孝徳さんの本来の婚約者のことよね。大手企業のご令嬢の――）

なぜか複雑な思いがよぎり、胸がざわめく。

（孝徳さん、そんなこと私には一言も言わなかったわ。この家にいたときも、誰からも聞かされなかったし。皆わかっていて、私を無視してたのかしら）

仲間外れにされたようで、わずかに気分を害する。

そんな瑞希をどう思っているのかわからなかったが、弘樹は話を進めた。

「と、とにかく、孝徳さまさえご結婚されれば、晴れて僕たちは自由の身になれるんだよ、瑞希」

「そういうことね」

真理子が言葉を継ぐ。

「だからそれまで、間違っても孝徳さんの前に姿を現してはいけないのよ」

「それは……あのマンションを出たときから承知の上です」

ならいいけどと、真理子は瑞希を捨て置き、さっさと踵《きびす》を返した。

「あとのことは自分たちでなんとかなさい。最低限の保障は、東十条家がしてあげるから」

「ありがとうございます、奥さま」

弘樹が頭を下げる中、真理子は自分の息子のことで頭がいっぱいなのか、それ以上は何も言わず離れの部屋から出て行った。

あとに残された瑞希と弘樹は、八畳ほどの部屋を眺め、大きくため息をつく。

「はあ……奥さまがこんなことまでしてくださるなんて思わなかったわ。だって、私を家政婦扱いしていたのよ？」

苦笑する瑞希に、弘樹が言った。

「それほどまでに息子が大事なんだろう。孝徳さまが瑞希を諦めて、美紀子さんとの縁談がぶじにまとまれば、奥さまはそのほかのことなんてどうでもいいのさ」

「…………」

〝美紀子〟という存在をじかに感じると、なぜだか心がもやもやする。けれどそのもやもやを弘樹に見透かされないように、瑞希は荷物の整理を始めた。

「孝徳さんがいろいろ買ってくれてて、本当はぜんぶ置いてこようと思ったんだけど、知子が――あ、家政婦をやってくれてた子なんだけど、彼女が立つ鳥跡を濁さずって言ってね」

「少しでも孝徳さまのショックを減らしたいって意味かい？」

唐突にそんなふうに言われ、瑞希は困惑する。

「え……そ、そんなつもりじゃ――」

「なあ、瑞希」

「うん」

「さっきも孝徳さまの結婚話が出たとき、複雑そうな顔をしてたね。美紀子さんが気になるんだろう？」

瑞希は目を丸くする。そして一瞬間が空いてしまったが、懸命に首を横に振った。

「な、何言ってるの、弘樹！　私はそんなつもり、ぜんぜんないわ！　孝徳さんがご結婚されるなら、それに越したことはないでしょう？　さっきも話したけれど、私たち、自由になれるのだから」

「……ああ、そうだね」

　納得しかねている様子の弘樹だったが、これからの生活に思いを馳《は》せることで、微妙な空気を入れ換えようとする。

「瑞希。僕はお前の身体に、一度も触れなかった。その理由がわかるかい？」

「……うん」

　孝徳に心身ともに虐げられていたことを察していたのだろう、弘樹は瑞希に性的に手を出すことはなかった。恋人を相手にするように強く抱き締められたことも、マンションまで迎えに来てくれたときが初めてだ。

「そのことなら、感謝してるわ。私の気持ちが落ち着くまで、待っていてくれたのでしょう？」

「半分正解で半分不正解だな」

　くすくすと、弘樹が苦笑する。

　瑞希は首を傾げた。

「どこが不正解なの？」

「僕は、瑞希に嫌われたくなかったんだ。つらい思いをしているお前を助けられない、不甲斐《ふがい》ない自分をいつも呪ってた。本当は誰よりもお前を抱き締めたりキスしたり……僕のものにしたかったのに」

「弘樹……」

（ずっと我慢してくれてたってことかな？）

どことなく投げやりに、弘樹は続ける。

「あの結婚式のキスが、初めてになるはずだったのにな」

荷ほどきをしていた瑞希は作業の手を止め、立ち上がって弘樹の前に立った。

「もうそんな思いをしなくていいのよ。私たちは今度こそ本当の夫婦になるのだから」

「瑞希……」

弘樹が瑞希を引き寄せ、腕の中に閉じ込める。

温かい弘樹の体温に触れ、瑞希は安心して彼に寄りかかった。

「――しばらくは、不自由させることになると思う」

「うん」

「それが終わるまで、僕はお前に手を出さないと誓うよ」

「弘樹……」

感涙に瞳をにじませ、瑞希が顔を上げると、弘樹が苦笑していた。

「本当はいますぐお前を押し倒したい衝動に駆られてるんだけどね」

冗談めかして言われ、瑞希は「もう！」と彼を軽く叩《たた》く。

瑞希が再び荷ほどきに戻ると、弘樹も手伝い始めた。

「少しでも心地よく過ごせるようにしような？」

「ええ。私、がんばるから」

瑞希はそう言うと、弘樹と笑顔を交わす。

（弘樹はぜったいに私がいやがることはしない……孝徳さんとは正反対だわ。でもいつまでも我慢させているのは、弘樹に悪い気がする――）

互いに背を向けて作業していたので、瑞希はひとりこっそりと表情を曇らせた。

（押し倒したい衝動……か。キスもしたことない私たちが、この一間で一緒に暮らしていけるのかしら？）

それは弘樹ひとりに我慢を強いることにはなるまいかと、瑞希は思う。

（いつまでかかるかわからない、ある意味では新しい監禁生活に耐えていけるのかな）

不安は尽きなかった。

孝徳が気づくという可能性も捨てきれない。

それに知子はいまごろどうしているかと考えると、心が押し潰されそうだった。

（きっと孝徳さんに叱責されているに違いないわ……知子、ぶじでいて――）

「瑞希」

うしろから急に声をかけられ、瑞希はびくりと大仰にすくむ。

「ひゃあ⁉」

「ひゃあって……そんなに驚くことか？」

弘樹が苦笑した。

慌てて謝る瑞希。

「ご、ごめんなさい。考えごとをしていたから――」

「孝徳さまのことだろう？」

「え……」

なぜか急に咎《とが》めるような口調で言われ、瑞希は戸惑った。

「ち、違うわ。私はただ、残してきた知子がどうなったかと思って……」

「つまり孝徳さまの動向が知りたいわけだ」

「ひ、弘樹？」

先ほどとは打って変わったような弘樹の態度に、瑞希は困惑するしかない。

「気にしないつもりだった。責めるつもりもない」

「………」

弘樹の言いたいことがなんとなくわかり、瑞希は口を閉ざした。

（余計なことを言って、弘樹を刺激したくない）

そんな瑞希を前に、弘樹は悔しそうに頭を抱える。

「僕がもっとしっかりしていれば、瑞希はそんな顔をしないで済んだのだろうか」

「そんなこと――弘樹は何も悪くないわ、そうでしょう？」

「本当にそうかな」

弘樹が顔を上げ、瑞希と目線を合わせた。

「雇われ庭師という立場から、見て見ぬふりをすることしかできなかった。お前の心を、僕に繋《つな》ぎ止めておけなかった」

「ひ、弘樹……何言ってるの」

瑞希が戸惑っている中、真摯な顔で弘樹は続ける。

「さっき、美紀子さんの話が出たときだけど、お前が何を考えているか、僕はわかってしまったんだ」

瑞希は慌てて言葉を継ぐ。

「何も考えてない！　私には弘樹しかいないのよ？　そのために私をあそこから助け出してくれたのでしょう⁉」

「………」

弘樹は無言で瑞希を見つめている。

「その言葉、信じてもいいんだな？」

「あ、当たり前じゃない！」

懸命に弘樹の疑念を晴らそうとする。

弘樹は深くため息をつき、やがて謝ってくれた。

「急にひどいことを言って済まなかった。ただ、お前の荷物をほどいていたら、ブランドの服や靴、バッグなんかが出てきてさ」

「え、ええ」

なんとなく察して、瑞希が相づちを打つ。

弘樹が申し訳なさそうに続けた。

「甲斐性のない僕には、一生こんなもの買ってあげられないと思ってさ」

「弘樹――そんなこと、そんなこと思わないで！」

瑞希は弘樹との距離を詰め、自分から彼を抱き締める。

「私は贅沢《ぜいたく》な生活に憧れているわけじゃない。普通の幸せがほしいだけよ。わかる？　あなたと一緒の夢よ」

「たくさんの子供に、素敵な奥さん？」

くすりと弘樹が笑ってくれたので、瑞希はほっと安堵して頷いた。

「そうよ。幸せな家庭を築きましょう？　私と弘樹なら、きっとそうなることができるわ」

「瑞希……っ」

弘樹がぎゅっと、瑞希を抱き締め返す。

「…………」

瑞希は無言で弘樹の胸元に頭を預け、彼の心を落ち着かせようとしていた。

けれど弘樹にはまだ気になることがあるようで、さりげなく聞いてくる。

「ずっと気になってたんだけど、僕があげた婚約指輪はどうしたの？」

「あ……」

瑞希は申し訳なさそうに答えた。

「孝徳さんに隠されてしまったの。いまどこにあるのかもわからないわ」

「……そっか」

少なからず傷ついたような弘樹だったけれど、それが理由ならと納得してくれたらしい。

瑞希は自分に強く言い聞かせた。

(私には弘樹しかいない。そうよ、何を迷っていたの。幸せが、もうすぐそこまで迫っているんじゃない。しっかりしなくちゃ!)

弘樹からは、ほのかに土の匂いがする。

あのシトラス系のコロンが香らないことに、わずかながらの違和感を抱きながらも、瑞希は懸命に自身に言い聞かせていた。


事件があったのはその夜のことだ。

東十条家の屋敷全体が騒がしくなり、使用人たちが慌ただしく走り回っている。

その様子を離れの部屋から見守っていた瑞希と弘樹は、いよいよ〝彼〟がやってきたのだと恐れおののいていた。

(やっぱりここにも私を捜しにきたんだわ、孝徳さん――!)

「私、近くまで行ってくる」

「なんだって? ここに隠れていなければ意味がないだろう!?」

瑞希の決意に、当然のことながら弘樹は反対する。

しかし瑞希には譲れないわけがあった。

「知子の処遇がどうなったか知りたいの。それさえわかれば、すぐに戻るから」

「おい！　瑞希っ、奥さまのことも考えろ！」

弘樹の制止も聞かず、瑞希は部屋を出る。

「わかってるわ。それでも私にとって知子は姉妹も同然な存在なのよ」

あの二ヶ月のことを弘樹に理解してもらうことは不可能だろうと、瑞希は思っていた。だからあえてそれ以上伝えることはなく、瑞希は使用人に紛れ、母屋に向かって早足で歩いていった。


孝徳を迎え入れる準備を整えるために使用人が出入りしていた部屋を見つけ、瑞希はしゃがみ込むと、こっそりドアに耳を当てた。両開きの引き戸になっていることから、会話は自然と漏れ聞こえ、明かりに浮かび上がった孝徳の影さえ障子に映っている。

瑞希は固唾《の》を呑んで、息を潜めた。

「瑞希を出してください」

間違えようがない、孝徳の声だ。話はまだ始まったばかりのようだった。

「ここにはいませんよ」

さすが真理子だ。息子のためなら演技にも力が入るのか、威風堂々と嘘《うそ》をついてみせる。

しかしその息子である孝徳も負けてはいなかった。

「東十条家の力を使って瑞希を連れ去ったことぐらい、俺にはわかります」

「あのね、孝徳さん」

深く息を吐き、真理子が諭すように続けた。

「晴れ舞台になるはずだった結婚式から、あの娘を連れ去った己自身の罪を忘れてはいけませんよ。あんな下賤《げせん》の者などにいつまでもかかずらっていないで、いい加減、美紀子さんとの縁談を進めなさいな」

しかしそんなこと関係ないとばかりに、すかさず孝徳は言う。

「いいから瑞希を出してください。母上が出さないのであれば、俺たち自ら屋敷のすべてを捜索します。知子、行ってくれ」

聞きたいと思っていた知子の名前を耳にして、瑞希は目を丸くする。

(ここに知子もいるの⁉)

それには驚いたが、どうやら罰せられた様子はなさそうなことに安心する。主人を裏切ったにもかかわらず同伴させている理由は定かではないが、少なくとも元気ではいるようだ。

(でも、いまこのドアを開けられたら――!)

瑞希がひやりと背中に冷たい汗をかいたところで、ぴしゃりと真理子が撥《は》ね除けた。

「なりません！　お父さまがお許しになりませんよ。社長に就任したとはいえ、この家の権限はお父さまにあることをお忘れですか⁉」

「…………」

これにはさすがの孝徳も返答に窮しているようだ。

わずかな間ののち、孝徳が呟《つぶや》く。

「――なるほど、わかりました。では今夜はこれで失礼します」

意外にもあっさり身を引いたことに、瑞希は再び驚かされた。

（いま捜されても困るけれど、あまりにも呆気《あっけ》ないとなんか複雑だわ……）

瑞希は心のどこかが、がっかりしていることに気づいてしまう。

（なんでこんな気持ちになっちゃうんだろう？）

しかし考えている暇はない。ドアを開けられる前に姿を隠さなければと思っていたところで、「ですが」と強い言葉で孝徳が前置いた。

思わず瑞希は隠れる足を止め、耳を澄ませる。

すると孝徳は当たり前にように言うのだった。

「瑞希は自ら俺の元に帰ってきますから、あなた方の世話になるのはせいぜい二～三日だと申し上げておきましょう」

怪訝《けげん》に思ったのは、おそらく瑞希だけではないだろう。

相対する真理子も同じように顔をしかめているはずだ。

「孝徳さん、お願いだから美紀子さんと結婚してちょうだい。早くわたくしを安心させて」

今度は情に訴えるも、孝徳はどこ吹く風で、知子に下がるよう言いつけた。

瑞希は慌てて廊下を戻り、曲がり角からそっと彼らの動向を窺う。

知子が先にドアを開けて部屋から出てきた。

(知子——！)

しゅんとしていたが、暴力を受けた形跡などはなく、瑞希はようやく心から安堵する。

(ごめんね、知子。つらい役回りをさせてきっと大変だろうに……っ)

いますぐにでも出て行って知子に声をかけたかったが、間もなく孝徳が出てきたため、瑞希はぐっと堪えた。

孝徳たちは来た道を戻っていく。

彼が背中を向けたことで、瑞希はほっとしてそのうしろ姿を見つめていた。

(でも、私自らが戻るってどういう意味だろう……？　なんで孝徳さんは、そんな自信があるのかしら？)

疑問符だらけだったが、知りたかった知子の安否は確認したし、孝徳も本家から帰っていく。

(離れの部屋に戻ろう。今度はきっと弘樹が心配しているはずだから)

瑞希はようやく弘樹のことを思い出すと、なぜか重たい足取りで離れに帰っていった。

真理子が使用人を数人貸してくれようとしたが、瑞希は自らが家政婦のような扱いをされてきたこともあり、自分たちのことは自分たちでやると断った。

だから部屋には弘樹とふたりきりで、誰も邪魔しにくることはない。

夕食や風呂を終え、二組布団を敷き終えると、瑞希にはさっそく眠気が襲ってきた。

くわあっと大きな欠伸を嚙《か》み殺していると、弘樹がくくくっと面白そうに笑う。

「今日は疲れたもんな。ゆっくり休もう」

「うん、本当に」

寝間着に着替えていた瑞希は布団に潜り込んだ。

十一月も半ばなので、毛布の温もりがうれしい。

ぬくぬくしながらまどろんでいると、隣の布団に入った弘樹が声をかけてきた。

「なあ、瑞希」

「んー？」

目を閉じたままおざなりな返事をするも、弘樹は至極真面目に言葉を続けてくる。

「僕たちは夫婦なのかな？」

「え？」

その問いに、瑞希の意識がぱっと覚醒した。弘樹のほうを向き直ると、彼は瑞希をじっと見つめている。

変な動悸《どうき》がしてきて、瑞希は戸惑った。

「な、何言ってるの急に……」

そしてなぜか話を逸らしたいという衝動に駆られ、気づけば次のように口にしていた。

「もう遅いし、今日はお互い疲れたでしょう？　その話は明日でもいいんじゃない？」

これでやっと眠れるかもしれない——眠気はもう霧散していたが——と思ったが、弘樹は話題を変えようとも終わらせようともしなかった。

瑞希にも気持ちは痛いほど伝わってきたが、どうしても素直に頷けなかったのだ。

そんな瑞希の様子を察してか、弘樹が苦笑する。

「そっか。即座に答えられないほど、この二ヶ月で僕たちの距離は開いてしまったのか」

「そ、そんなこと……！」

慌てて上体を起こすと、弘樹も同じように起き上がった。

半身は布団の中に入ったまま、ふたりして向かい合う。

瑞希は必死に言い募った。

「結婚式を挙げたんだもの。私たちは夫婦よ。ね？　これで安心した？」

繕った笑顔で弘樹を見るも、彼は寂しそうに微笑を浮かべるだけだ。

「正しくは邪魔が入ったから、挙げたことにはならないんじゃないかな」

まさか誓いのキスを持って行かれるなんてな——と、弘樹が自嘲気味に言う。

瑞希は居たたまれなくなり、どうしたら彼が元気になってくれるか考え続けた。

（弘樹はいま、言葉がほしいのかな？　でもなんだか卑屈になっているみたい……らしくないな……）


「ねえ、弘樹らしくないわ。いつも朗らかで優しくて明るいのが、あなたじゃない」

そんな弘樹に救われたのだと、瑞希は強調する。

「……そうか」

弘樹が深いため息をついた。

「そうじゃない僕を知ったら、瑞希は僕のことを嫌いになるかい？」

「それってどういう――」

瑞希が返答する前に、弘樹が距離を詰めてきた。

おもむろに瑞希を抱き締めると、その首筋に顔をうずめる。

「ひ、弘樹……？」

再会の喜びのときは例外だったから、瑞希はこんな積極的な弘樹を知らない。

抱き締め返すのを戸惑う瑞希の柔肌を、弘樹がちゅっと音を立てて吸ってきた。

「……っ⁉」

思わずどん！　っと、弘樹を突き飛ばす。

弘樹は怒りとも悲しみともつかない表情で、瑞希を見つめている。

瑞希は慌てて謝罪した。

「ご、ごめんなさい、弘樹。だって、あなたとはこういう関係じゃなかったから――」

「夫婦なら当然することだろう？」

「………」

その通りだったが、瑞希は返答に窮してしまう。

(反射的とは言え、なんで弘樹を突き飛ばしちゃったんだろう?)

「で、でも、弘樹がさっき結婚式を挙げたことにはならないって……」

「そうだよ」

弘樹の瞳が、夜闇に妖しく光る。

「だけど、僕たちは今度こそ結婚するんだよ」

「え、ええ」

なんだかいつもの弘樹と違って、今夜の弘樹は怖かった。いままでになく〝男〟を感じさせる言動をしているのだ。

(それって、私は弘樹のこと、〝男〟として見てなかったってことなのかな?)

いや、この箱の蓋を開けてはいけないと、瑞希は自分を律した。

「とにかく、正式に夫婦になるまでは、そ、そういうことはなしにしましょう?」

「そういうことって?」

やはり今夜の弘樹は瑞希の知っている弘樹ではない。

しつこく問うてくる弘樹に、瑞希ははっきりと言うことにした。

「抱き締めるとか、キ、キスするとか、そういう性的な行為よ」

そのまま再び布団に潜り込みたかったのに、弘樹は許してくれない。

即座に言葉を返してきた。

「そういう行為を、瑞希、お前は長年孝徳さまとしてきたんだろう？」

「っ⁉」

瑞希は驚き、涙が浮かんでくる。

「そ、そんなこと言うなんて――信じられないよっ……弘樹はいつも、そんな私でも受け入れてくれていたじゃない！」

「そうだよ」

瑞希の慟哭《どうこく》にも、弘樹は今度ばかりは共感してくれない。

「瑞希の癒やしになれればって、ずっと思い続けていた」

「なら、なんで――」

弘樹の台詞が過去形なことに、瑞希は気づいてしまう。

「この二ヶ月、弘樹に何があったの？」

すると弘樹はおかしそうに笑った。

「何があった？　瑞希の身を案じてたに決まってるだろう？　それにこの二ヶ月、何かあったのは、瑞希、お前のほうじゃないか！」

「――っ」

こんなにも感情的な弘樹を前にするのは初めてだ。

瑞希が返答に困っていると、弘樹が再び瑞希を自分のほうに抱き寄せた。

しかし無理やり過ぎて、引っ張られた腕が痛い。

「弘樹っ、やめて!!」

「やめて？　僕は君のなんなんだ!!」

びくりと、瑞希がすくむ。

怖々弘樹を見上げると、彼は完全に頭に血がのぼっているようだった。

「僕たちは互いに幸せになろうと誓い合った仲じゃないか！　僕は瑞希が好きだ。もちろん愛してる。なのになぜ、お前は孝徳さまに身体を許し続けるんだ？　僕はいつまでそれを見ないふりをしなければならないんだ？　瑞希、お前は俺を愛してないのか⁉」

矢継ぎ早の質問に、瑞希は言葉が出てこない。

ただ胸が苦しくなり、熱い奔流が身体のうちからのぼってきて、涙となって流れていく。

「ふっ……ぅ……」

ぼろぼろと涙をこぼしていると、さすがの弘樹も正気を取り戻したらしい。強い抱擁を解き、背中を優しく撫でてきた。

「ご、ごめん、瑞希。こんなに責めるつもりはなかったんだ……っ」

しかし瑞希の涙は止まらない。

いったいどうして泣いているのか、自分でもわからなかった。

(弘樹に厳しいことを言われたから？　申し訳ないから？　傷ついたから？)

自問するも、答えは浮かんでこない。

「こ、こっちこそ、ごめんなさい……こんなつもりじゃ――」

瑞希は袖で乱暴に目をこすり、涙を拭き取った。

「もう大丈夫。大丈夫だから」

「本当か？」

弘樹は瑞希の背中を撫でる手を止め、代わりに彼女の手を取る。

「すまなかった。今夜のことを忘れてくれとは言わないが、僕にもこういう負の感情があることは知っていてほしい」

「……うん」

落ち着いたように頷くと、弘樹は瑞希の手を離し、布団に潜り込んだ。

「さあ、瑞希。今度こそもう寝よう？　本当に悪かったね」

「ううん」

ぶんぶんと首を横に振る瑞希はしかし、意を決して弘樹の布団に入っていく。

「み、瑞希っ⁉」

今度動揺したのは弘樹だ。

瑞希は自らにも弘樹と同じ上掛けをかけると、ぴたりと彼にくっついた。

「いいよ、弘樹」

「は……？」

一瞬放心していた弘樹だったが、すぐにその意味がわかったらしい。

緊張気味に問うてきた。

「本当に、本当にいいのか？　だって、さっき――」

「さっきはびっくりしちゃっただけ。弘樹とはそういうこと、したことなかったから」

それは暗に孝徳とは〝そういうこと〟をしていたと示唆しているようなものだったが、この状況で気にするほど弘樹は野暮ではない。

瑞希のほうを向くと、ふたりは互いに顔を見合わせた。

瑞希は無理に笑ってみせる。

「そもそも私たち、結婚する仲なのに何もしていないって、おかしかったよね」

「あ、ああ……」

未だに戸惑っている様子の弘樹。

瑞希は彼の手を取り、自らの胸元に導いた。

「――っ」

弘樹が言葉を失う中、瑞希はドキドキする胸のうちを彼に聞かせる。

「初めてだから、やっぱり緊張しているみたい。だから、その……うまくいかなかったら、ごめんなさい」

何を謝っているのか自分でもわからなかったが、瑞希は今宵、弘樹にすべてを捧《ささ》げる覚悟を決めていた。

（弘樹を安心させてあげないと……私の結婚相手は、弘樹なのだから――）

「瑞希……」

感無量と言った様子で、弘樹が瑞希を抱き締めてくる。

瑞希は弘樹の腕の中で、〝彼〟とはまったく違う感覚に戸惑いを覚えていた。

（おかしいわ。どうしていつもそうなっていたみたいに、ボルテージが上がってこないのかしら？　やっぱり初めてだから、なのかな？）

孝徳との情事のときは、その気がまったくないところからでも、彼の舌や手で愛撫を受けているうちに、身体の奥底が熱くなり、下腹部が自然に物欲しげに濡れた。

しかしいまはぞくっともじゅわっともしない。

（まだキスもしていないからだわ、きっと）

そう思い直して顔を上げると、弘樹の顔がまさに近づいてくるところだった。

瑞希は自然と目を閉じ、そのときを待つ。

けれど、いつまで経ってもその瞬間は訪れない。

既視感を覚えて目を開けたら、弘樹が泣き笑いの表情で瑞希を見つめていた。

「すまない。あれだけ煽《あお》っておきながら、正しくないような気がしてしまった」

「……どういうこと？」

弘樹は瑞希を離すと、布団に仰向けになり、つらつらと話し始める。

「僕たちはずっと清い関係だった。だからこれからも、そうであるべきだと思うんだ」

「な、何言ってるの？」

意外な展開に、瑞希はどんな顔をしていいかわからなかった。

（それは、私とは結婚しないということ……⁉）

不安になる瑞希に、「そうじゃないよ」と内情を読んだかのように弘樹が言う。

「ちゃんと結婚したら、今度こそ一緒に踏み込んでいこう？」

弘樹が振り向き、精一杯の笑顔を見せた。

瑞希は胸がいっぱいになり、潤んだ瞳で頷く。

「う、うん、うん……わかった。それでいい」

（弘樹はどこまでも優しい……こんなひとと結婚したら、ぜったいに幸せになれるはずだ）

でも――と、瑞希が言った。

「生殺しにならない？　これからはふたりきりで過ごすのよ？　我慢できる？」

しかし瑞希の心配は杞憂《きゆう》だったらしい。

弘樹が指先でこつんと瑞希の額を弾いた。

「僕は狼《おおかみ》なんかじゃないよ。理性のある人間だ。力づくで女を手に入れようとするなんて卑劣なこと、ぜったいにしないと誓う」

「弘樹……」

感涙にむせぶ瑞希の頭を、弘樹が優しく撫でる。

「このぐらいは許してくれるよな？」

「も、もちろんよ」

瑞希は涙を拭いつつ、笑顔で首肯した。

「弘樹。本当に、本当にありがとう」

「どういたしまして」

当分は弘樹と行為に及ぶことはなさそうだと、瑞希は心から安堵した。

（孝徳さんが私を諦めて美紀子さんと結婚すれば、私と弘樹は晴れて自由の身になって、ようやく結婚することができる。それまでは清い関係が続くけれど、弘樹が私を大事にしてくれている証だから素直にうれしい）

それでも一緒の布団から、瑞希は出ようとしなかった。

「狭い？」

「まさか」

念のため聞いたら、そんな答えが返ってくる。

瑞希は喜々として弘樹に寄り添い、彼と一緒に深い眠りについたのだった。


家政婦のような扱いから逃れたはずの瑞希、庭師を辞めた弘樹だったが、屋敷に孝徳がいない間、世話になっている東十条家の恩に報いようと、朝からそれぞれの仕事に従事していた。

全力で匿ってくれているのだから、礼の代わりに何かできないかと、ふたりで話し合った結果だった。

そんな瑞希が真理子に呼ばれたのは、翌日の昼のことだ。

昨晩、孝徳と真理子が相対していた部屋に行くと、そこには知らない女性がいた。

「こ、こんにちは、牧原瑞希と申します」

とりあえず自己紹介をすると、女性はなぜか瑞希を睨みつけ、軽く会釈するに留める。

年齢は少し上だろうか。巻き毛に濃い目の化粧、高そうなブランドのツーピースを着こなした女性は、吐き捨てるように言った。

「お義母さま、あたしはこんな田舎っぽい小娘に負けているというの？」

「そ、そういうわけじゃあないのよ、美紀子さん。どうか気分を害さないでくださいな」

慌てて真理子が彼女の機嫌を取ろうとしているところ、またその耳慣れた名前から、女性は例の美紀子だということがわかる。

（このひとが、孝徳さんの婚約者……）

呆気に取られていると、美紀子は瑞希を蔑むように見下ろしてきた。

「あなたのおかげで孝徳さんがあたしの元に来てくれないのよ。もっと身分というものを理解してくれないかしら？　あなたとあたしは天と地ほどの差があるのよ」

「は、はあ……」

ちらりと真理子に目を向けると、〝黙っていなさい〟というようなジェスチャーをされる。

どうやら孝徳自身が瑞希に夢中なこと、そのために東十条家に匿ってもらっていることは話してはならないらしい。無言の圧力をかけられた。

美紀子は、瑞希が孝徳をたらし込んでいると勘違いしているようだった。

（なんでわざわざここに呼ばれたのかしら？）

それなら美紀子を瑞希に会わすべきではないと思うのだが、真理子の考えは違うらしい。

「美紀子さんからもよく言ってくださいな。この娘も反省すると思いますわ」

「………………」

瑞希は何も言わないまま、状況を理解した。

（なるほど。美紀子さんが痺《しび》れを切らして東十条家に乗り込んできたから、誰か怒りをぶつけられる存在が必要だったのね）

つまり自分はいまサンドバッグなのだと、瑞希はこの邂逅《かいこう》をそう解釈する。

（黙っていれば、そのうち気が済んで帰ってくれるわよね）

瑞希がうつむいていると、美紀子はここぞとばかりに彼女を攻撃してきた。

「昔から孝徳さんと知り合いらしいけれど、その頃からあたしと孝徳さんの婚約は決まっていたことなのよ！　それをずけずけとあたしたちの間に踏み込んできて、いったいどういうつもりなのかしら？」

「……も、申し訳ございません」

深く頭を下げて謝罪するも、美紀子の怒りは収まらない。

「あのね、ただ謝れば済むと思っているわけ？　もっと誠意を見せるべきでしょう？　土下座ぐらいしたらどうなの？」

「ど、土下座、ですか」

声を震わせる瑞希に、真理子が追い打ちをかけた。

「そうよ。あなたはそれぐらいするべきですわ」

「………」

これも仕方のないこと——と、瑞希が土下座しかけたとき、廊下をこちらに向かってぱたぱたと走る音が聞こえる。

「なんてことかしら！　お客さまがいらっしゃっていることは伝えてあるのに！」

真理子がぷんぷんと怒りを露わに、部屋のドアを開けて足音の犯人を注意しようとした。

しかしその前に、扉は外側から開かれる。

「し、失礼いたしますっ!!」

その姿を見て、驚いたのは瑞希だ。

「と、知子!?」

「ああ、瑞希さん!?」

はあはあと荒い息をつきながら、知子は瑞希の姿を見つけて安堵する。

「いったいどうしたの!?　何かあったの!?」

真理子と美紀子の存在も忘れ、尋常ではない知子の様子に瑞希はそう声をかけた。

「あなたもこの娘も無礼ですよ！　いったいどんな教育を受けた使用人なの⁉」

知子はそこに真理子の姿を確認してから、「も、申し上げます！」と前置き、この場が震撼《しんかん》する出来事を口にする。

「た、孝徳さまがっ」

「孝徳さんがどうしたというの⁉」

ただならぬ事態に美紀子も不安を露わに口を挟んできたが、知子はまったく知らない美紀子を無視した。

自らも言うのをためらっていたが、ごくりと唾を飲むと、ついに最後まで言い切った。

「孝徳さまが自殺未遂をされ、病院に運び込まれました！」

瞬間、瑞希はがあんと頭を鈍器で殴られたような衝撃に襲われる。

（孝徳さんが――自殺？　ど、どうして……⁉）

美紀子も開いた口が塞がらず、ただ金魚のようにぱくぱくと口を動かしている。

真理子はくらりとよろけ、床に手をつくと、息を荒くしていた。

「な、な、なんですって……⁉　詳しくお話しなさい‼　孝徳さんはぶじなの⁉」

金切り声を上げる真理子に、知子が頷く。

「ついさっき、マンションの自室で手首を切って倒れているのをわたしが見つけたのです！　すぐに救急車を呼び、いま東都中央病院に運ばれたところです！」

瑞希と美紀子は何も言えず、成り行きを見守っていた。

「た、孝徳さんがっ……東都中央病院ね。わかったわ。いますぐ向かいます！」

真理子は蒼白になっていたが、即座に出かける準備を始める。

途中、美紀子が目に入ったようだが、もう婚約者だろうがなんだろうが、かまけている暇はないとばかりに彼女を残して部屋を出て行ってしまう。真理子にとって孝徳以上に関心があることはないらしい。

知子も真理子のあとを追おうとするも、振り返って瑞希を呼んだ。

「瑞希さんも一緒に来てください！　孝徳さんは瑞希さんのことを想い、あんなことを——」

「……っ」

名指しされた瑞希はびくりとすくみ、ちらりと美紀子を窺う。

すると彼女は完全に怒り心頭で、瑞希と知子の間に立ち塞がった。

「病院へはあたしが行きます！　孝徳さんはあたしの婚約者ですから！」

「で、ですがっ……」

知子は完全に困り切るも、美紀子の存在は無視できない。

「わ、わかりました。では全員で参りましょう。タクシーを待たせてあるんです！」

そう結論づけると、知子はふたりを先導するよう廊下を急ぐ。

しかし瑞希はその場から動けなかった。頭が混乱していたし、美紀子もいる。どうしたらいいかわからなかったのだ。

そんな瑞希の様子を見て、美紀子は鼻で笑う。

「孝徳さんが大変だというのに、あなたの気持ちなんてその程度なのよ。一緒に行く資格なんてないわ。もう二度と、あたしたちの前に姿を現さないでちょうだいね！」

言うだけ言った美紀子は、知子のあとを追った。

部屋にひとり残された瑞希は、ただ呆然と突っ立っている。

（私、私は——）

考えようと頭を働かせたくても、あまりにもショックだったので、何も浮かばない。

そのとき、開け放されたドアの向こう——中庭から、弘樹がやってきた。

「騒がしかったみたいだけど、何かあったのか？」

庭を整えていた弘樹が、呑気にも間延びした声で言う。

瑞希はその場で震え、渇いた口をようやく動かした。

「た、孝徳さんが……」

「また来たのか⁉　大丈夫なのか⁉」

弘樹はまったく違うことを想像して、慌てて縁側を駆け上がり、瑞希の元に向かう。

震える瑞希を抱き締め、落ち着かせようとした。

「何があっても、僕がいるから。瑞希、さあ、今日はもう部屋に戻ろう？」

「ダ、ダメよ……っ」

ようやくそれだけ言葉が出ると、さすがに弘樹も事態の深刻さに気づいたらしい。

眉根を寄せ、「何があったんだ？」と真剣に聞いてきた。

呼吸しづらくなってしまった瑞希は、ひゅうひゅうと喉を鳴らしてなんとか息をすると、鼓動が速まっていく自分の心臓を押さえ、ついにそれを口にした。

「自殺したんですって」

「なんだって？」

弘樹は聞き間違いだとでも言うように、瑞希を問い詰める。

「孝徳さまが？　嘘だろう？　冗談が過ぎるぞ、瑞希！」

ぶんぶんと首を横に振ったら、自然と涙が浮かび上がった。

「嘘じゃないわ！　東都中央病院に運ばれたって、いま、知子が知らせに来たの!!」

それとともに、感情もようやく出てくる。

「私の、私のせいだわ、私が――」

完全に青ざめた瑞希の腕を、弘樹が引いた。

「病院に行こう、瑞希！　僕たちは行かなければならない！」

「う、うんっ、でも、でもっ」

「わかってる。瑞希の言いたいことは、よくわかってる。でもいまは、とにかく孝徳さまの無事を確かめるんだ！」

「っ……うぅ……！」

瑞希はもう言葉にならない。

ふたりはなんの準備もすることなく、廊下を駆け、玄関へと向かっていった。

第五章　殺すべきか愛するべきか

知子と真理子や美紀子が乗ったらしい車はとうにいなくなっていたので、瑞希と弘樹は大通りまで走り、タクシーを拾った。着の身着のまま屋敷を出てきたことから、ふたりとも上着を着ていなかったので、運転手に「この寒い中……」と驚かれてしまう。

瑞希は自分の身体の震えが寒さからくるものか、それとも孝徳のことが原因かわからなかったが、その答えを探す前に東都中央病院に到着する。

弘樹が気を遣って瑞希の肩を抱いていてくれたが、できればいまは放って置いてほしいと内心では思っていた。

病院前は驚くことにマスコミが詰めかけていた。

「孝徳さまは有名な東十条家の御曹司で社長に就任したばかりだもんな。マスコミが喜びそうなネタになってしまったんだろう」

多くのレポーターやカメラマンの間を通り抜け、瑞希は弘樹とともに院内に入る。

受付で東十条孝徳の名前を出したら不審がられたが、なぜか瑞希の名前を言ったらすんなりと部屋番号を教えてくれた。

「瑞希のこと、孝徳さまがあらかじめ話してたんだろうか」

「…………」

不思議がる弘樹の質問に、いまは答えている余裕はない。

瑞希はエレベーターに乗り込むと、孝徳がいるという個室がある最上階のボタンを押した。どうやら特別待遇で入院しているらしい。

ちょっと前までは集中治療室にいたというので、そこから出られたのであればと少しは安心したものの、予断を許さない状況だとは聞かされていた。

終始瑞希は何も言わず、何も考えられなかった。

何度かそんな瑞希を励ますように声をかけていた弘樹だったが、何も答えずにいると、黙って瑞希のあとに従っていた。

最上階に着き、該当する部屋番号を捜して歩いていると、曲がり角から飛び出してきた女性とぶつかってしまう。

「きゃっ⁉」

お互い驚き、その場で尻餅をつく。

「ちょっと、よく前を見なさいよ——って、あ、あなた⁉」

痛みから腰の辺りをさすっていた瑞希を弘樹が起き上がらせようとしていたところで、相手の女性が美紀子だということに気づいた。

「あ……み、美紀子さん。す、すみませんでした」

緊張気味に謝罪するも、美紀子は瑞希を睨《にら》み付ける。

「あなたのせいよ！　ぜんぶあなたのせいなんだから！」

「え、えっ？」

戸惑う瑞希の前で、美紀子は突然泣き出した。

「ううっ、あたしは白馬に乗った理想の王子さまと結婚できるはずだったのに……！」

「あ、あの――」

さっぱり意味がわからない瑞希の頬を、彼女はなんの前触れもなくぴしゃりと張った。

「お、おい！」

弘樹が慌てて前に出て、瑞希を守るように美紀子の前に立ち塞がった。

「……っ」

混乱しながら呆然《ぼうぜん》と頬を押さえている瑞希に、美紀子は酷い言葉を投げつけ続ける。

「孝徳さんをたらしこんだあばずれ！　売女！　あなたが幸せになるなんてぜったい許さないんだから！　パパに言いつけてやるわ!!　報いを受けるがいい!!」

「み、美紀子さ――」

瑞希が答えようとするのも待たず、美紀子は走り去ってしまった。

「何を誰に言いつける気なんだ、あの女は」

すっかり呆《あき》れ顔の弘樹に、瑞希は首を横に振る。

「いまはそんなこと考えてる暇はないわ。この曲がり角の先よ、孝徳さんの部屋は」

「そ、そうだったな。急ごう」

瑞希と弘樹は歩を速め、孝徳の部屋へと向かった。


孝徳の部屋に入ると、そこには大勢のひとたちがベッドの周りに集まっていた。引き戸は開け放されていたままだったので、瑞希と弘樹はおそるおそる中へ入っていった。

すると間もなく、真理子の金切り声が響く。

「美紀子さんになんてことを言うの！　それに自殺未遂なんてなさって……正気じゃないのよね？　そうよね？」

「いえ、俺は正気です」

ささやくように低い声だったが、間違いなく孝徳の声だったので、瑞希はとりあえず安《あん》堵《ど》した。

（よかった……孝徳さん、生きてる——！）

同じことを思ったようで、弘樹もまた安心したそぶりを見せる。

ふたりの存在に気づいた真理子が顔を上げ、瑞希を見つけて表情を曇らせた。

「お、お願いだから、ここには来ないでちょうだいっ」

なぜか切羽詰まったように言われ、瑞希は困惑するも、孝徳の姿を見ないことには安心できなかったのでベッドに歩み寄る。

「ご迷惑なのは承知しておりますが、で、でも私も――」

「み、瑞希？　その声は瑞希なのか？」

急いたような孝徳のかすれた声。

周囲の関係者たちが全員、びくりと身体をすくませる。

特に反応を示したのは真理子で、孝徳が瑞希の存在に気づいたことに、「ひいっ」と声を漏らした。

「瑞希以外、全員ここから出て行ってください」

孝徳が命令するも、即座に真理子が反論した。

「何をおっしゃっているの！　あなたはいま正気じゃないのよ。美紀子さんに言い過ぎてしまっただけだわ。修復は可能ですもの。瑞希さんに関わることは、あなたにとっていいことでは――」

「黙ってください、母上」

「っ!!」

ドスの利いた孝徳の声音に、真理子は泣きそうになる。

「なんてことっ……わたくしはいったいどうしたら、あなた、あなた……！」

夫に縋《すが》るような瞳を向けるも、孝造のほうが孝徳を理解していた。

「この子の言う通りにしよう。でなければ、孝徳はまた同じことを繰り返してしまう気がするのだ」

「でも、でもっ」

真理子は最後まで抵抗したが、主の言うことには逆らえず、あえなく病室をあとにすることになる。瑞希の傍を通り過ぎざまに、美紀子のように彼女を睨み付けたが。

ほかのひとたちも皆、会社の関係者のようで、会長である孝造とともに病室をぞろぞろと出て行った。

弘樹もまた葛藤し続けていたようだが、孝徳の言うことは絶対だと思ったのか、うしろ髪を引かれながらも瑞希を残して、病室を出て行くひとたちのあとを追う。

弘樹がドアを閉めたところで、室内にはベッドに寝ている孝徳と、その横に佇《たたず》む瑞希のふたりきりになった。

孝徳が生きていたことに胸がいっぱいで何も言葉が出てこない瑞希に、孝徳のほうから声をかけてくる。

「瑞希が傍にいない世界に用なんかなかったんだよ、俺は」

「……だから、自殺未遂を？」

眉根を寄せて問う瑞希に、孝徳が苦笑した。

「君を取り戻す手段はいくつも考えたが、また無理に連れ出したところで、俺の手からすり抜けられるかと思うと、怖くなって実行することができなかったんだ」

「孝徳さん……」

こんな弱気な孝徳を初めて見たので、瑞希は戸惑う。

「私、私は――」

「言わないでくれ、瑞希」

「……っ」

制されて言葉に詰まったとき、孝徳が昔話を始めた。

「俺は決して、君の両親への罪悪感から逃げたわけではなかったんだよ。いまでも申し訳なく思っている」

瑞希は復讐心《ふくしゅうしん》を思い出す。

（孝徳さんがそう思ってくれていたことは意外だったけれど、両親がいなくなったことは事実だし、私の気持ちは変わらない……！）

そんな瑞希の心のうちを読んだかのように、孝徳が言った。

「さあ、瑞希。これは俺を殺せる、復讐のチャンスだよ」

「……！」

孝徳は瑞希の手を引くと、自分の首にあてがう。

そしてもう片方の手で、ベッドサイドモニタの電源を抜こうとコードを摑《つか》んだ。

「俺を生かすも殺すも、瑞希の自由だ」

「なんで、そんなこと――」

苦渋に顔を歪《ゆが》める瑞希に、孝徳は続けた。

「俺は気づいたんだ。瑞希に殺されるなら本望だって。君が手に入らないのなら、生きていても仕方ないからな」

自分では死にきれなかったからと、彼は苦笑する。

「死ぬ前に白状しておくが、君の両親の命日に白い花を贈っていたのは、この俺だ。名前を入れたら瑞希の気分を害してしまうと思って書けなかった。彼らのおかげで俺はここまでの人間になれたんだ。感謝しかないよ、本当だ」

あとこの指輪は返すと、弘樹が瑞希に贈った婚約指輪を差し出してきた。

瑞希は受け取るも、その指輪自体にはなんの感慨も持てなかった。

「……っ」

居たたまれなくなり、瑞希はベッドに手をつくと、その場にしゃがみ込んでしまう。

（この指輪っ……それに、毎年届くあの花が、孝徳さんからのものだったなんて――！）

「いやよ、いや」

気づけば目には涙が溜《た》まり、視界が歪んでいた。

孝徳に手を重ねられ、静かに聞かれる。

「何がいやなんだ？」

「あなたを失うことに決まっているでしょう！」

孝徳は笑った。

「嘘《うそ》をつくな、瑞希。無理しなくてもいい。あのとき君を俺に服従させたこと、俺は悔やんでいるんだ。君に一生の傷を負わせてしまった。反省している」

「何言ってるのよっ!!」

瑞希は孝徳を睨み付ける。

「そんなこと言うなんて孝徳さんらしくないじゃない！　いつものように狂ったみたいに私を抱いて屈させなさいよ！　病んだみたいに愛をささやきなさいよ！　それがあなたでしょう!?」

矢継ぎ早な瑞希の言葉に、孝徳が目を見開いた。

「……本気で言っているのか？」

「ええ、本気よ！」

瑞希は孝徳の手が重なっていないほうの腕で乱暴に涙を拭い、精一杯微笑んでみせる。

「残念ながら、私はあなたに囚われているほうが幸せみたいなの。孝徳さん」

こうなって初めて自分の本当の気持ちに気づくとは皮肉だったが、知ってしまったのだから仕方ない。

「瑞希……っ」

感無量といった態で、孝徳の双眸《そうぼう》にも涙が浮かぶ。

「すまない……本当に、すまない……」

その謝罪にはさまざまなことが含まれているのだろう。

瑞希も一緒になって涙を流した。

「いいの、もういいの、孝徳さん。好きです。私、離れていてわかったの。あなたのこ

と、愛しているみたい」

「俺も、俺もだ。瑞希、好きだ。愛してる。俺とずっと一緒にいてくれないか？」

瑞希の手をぎゅっと握る孝徳の手に、瑞希は反対の手を重ね、大きく頷《うなず》く。

「ええ。もう離れたくない……！」

「うれしいなあ」

噛《か》み締めるように言いながら、孝徳は懸念も口にした。

「だが、瑞希……庭師――弘樹くんのことはどうするつもりだ？」

「……私から、ちゃんと話すわ。だから心配しないで。あなたは早くケガを治すことだけを考えてちょうだい？」

安心させるように告げると、孝徳もほっとしたような息をつく。

「わかった。君に任せるよ」

「ええ」

すうっと、孝徳が深く呼吸して目を閉じた。

「君が戻って来てくれたから、どうやら落ち着いて眠れそうだ」

「そう、よかった。ゆっくり寝てちょうだい。いろいろ片付けたら、またすぐにここに来るから」

瑞希が目元を和ませつつ、孝徳の手を上掛けの下に入れる。

孝徳はすぐに眠りに入ったのか、穏やかな寝息を立て始めた。

そんな彼を優しく見守りながら、瑞希はこれからやるべきことを考える。

（弘樹に事情を話して、東十条家の人々にもわかってもらうよう説明しなくちゃ。それに美紀子さんにも）

問題は山積みだったが、孝徳と気持ちが通じ合えたことで、瑞希の心は満たされたのだった。

それ以来、瑞希は孝徳の病室にこもって、彼の世話にかかりきりになった。東十条家の人々も弘樹もほかの誰も、それが孝徳たっての要望ゆえ、見守ることしかできないでいた。

「さあ、孝徳さん。身体を拭くので、上着を脱いでください」

「ああ、ありがとう」

孝徳は柔らかく微笑み、パジャマのボタンを外す。

「瑞希が甲斐甲斐《かいがい》しく世話をしてくれたから、予定より早く退院できるって主治医が言ってたよ」

「本当っ⁉」

袖を腕から抜くところを手伝いながら、瑞希がぱっと顔を輝かせた。

「うん。ずいぶんよくなったってね」

「よかったぁ……！」

心から安堵する瑞希に脱いだパジャマを預け、孝徳が裸体をさらす。

瑞希は湯で濡《ぬ》らしたタオルを使い、丁寧に孝徳の上体を拭いていった。元より筋肉質な彼だったが、入院生活のせいで多少筋肉の落ちが感じられる。手首についた痛々しい傷の痕は包帯を巻き直し、それからうしろに回って背中に取りかかった。

「瑞希」

「はい、なぁに？」

一生懸命手を動かしていると、孝徳が振り向かないまま言う。

「俺はいま、すごく幸せなんだ」

「……孝徳さん」

「私も、私もです」

瑞希もうれしくて胸がいっぱいになり、心から幸せを感じていた。

「素直な気持ちを伝えるだけでこんなに幸せになれるなら、君を無理に閉じ込める必要なんてなかったのになぁ」

自嘲気味に呟《つぶや》く孝徳の背中に、瑞希がぴたりと寄り添う。

「いいんです、もう。もう、いいの。いまこうなれたのは、それがあったからだもの」

「瑞希……」

孝徳が深く息を吸い、懺悔《ざんげ》とともに吐き出した。

「無理強いする必要なんかなかったのに、俺は何をあんなに焦ってたんだろうな。瑞希を想うがあまり見境がなくなってしまったんだ」

「わかってます。わかってるから――」

最近、孝徳は終始こんな調子だったから、瑞希はすっかり骨抜き状態だ。そのたびに胸が熱くなり、涙がこみ上げてきてしまう。

(私と孝徳さんの長い歴史を考えれば、当然なのかしら……？)

瑞希は両目ににじむ涙をなんとかこらえると、孝徳に上着を着させていった。

「もう寒いから、ちゃんと暖かくしないと！」

「そうだね」

瑞希が湯を張ったタライを片付けに行こうとすると、孝徳がその手を掴んだ。

「もう、孝徳さん」

呆れたように言うと、孝徳は眉を下げる。

瑞希が病室から出ることを極端にいやがり、こうして邪魔をするのが彼の常なのだ。

「すぐ戻ってくるわ。水道は曲がり角の先だもの、近くよ」

「わかってるが――」

何か言いたげな孝徳。

仕方なく瑞希はタライをいったんテーブルに戻すと、彼の傍にしゃがみ込む。

「寂しがり屋さん」

「はは、言うね」

瑞希と孝徳は笑い合い、幸せを噛み締めていた。


孝徳を再びベッドに寝かしつけたところでようやく病室を出られた瑞希は、すっかり冷めた湯の入ったタライを持ち、廊下に出て行く。

大きな窓の外を見ると、今年初の雪が舞っていた。

「暖房が効いてるのに寒いはずよ。あとで孝徳さんにも雪のこと教えてあげよう」

そうして歩き、曲がり角に差しかかったところで、人の気配を感じる。またぶつかってしまわないように慎重になっていると、前から人影が現れた。

その姿を見て、瑞希が驚きに目を見開く。

「あっ」

同時に声を上げ、互いにしんとなった。

相手は弘樹だったのだ。

いっきに気まずくなった瑞希は言葉が出てこない。

タライの中のタオルを無意識に見つめていると、弘樹のほうから声をかけてきた。

「お前を迎えに来たんだ」

「む、迎え？」

いまさらどうして――という表情をしていたのだろう、弘樹が続ける。

「東十条の旦那さまと奥さまが呼んでいる。いつまでも待っていられないということだ」

「そ、そう……で、でも、私は……」

言葉を濁していると、弘樹の顔が険しくなった。

「私は？　なんだ？　孝徳さまとよりが戻ったとでも言うつもりか？」

「ち、違う！　そういうんじゃなくて……っ、だいたいよりも何も最初から私たちは――」

「私たちだと？　いつからお前は僕ではなく、あの男をそこに含めるようになったんだ⁉」

「……っ」

弘樹がこんなに怒ったところを見たことがない瑞希はショックを受け、息を呑む。

あまりの衝撃に表情を強ばらせていたからか、弘樹が慌てて言い繕った。

「す、すまない！　責めるつもりはまったくなかったんだ。ここへ来られたのも、お前とふたりで話すために無理やり志願したからでっ……」

「弘樹……」

気づけば瑞希は涙を浮かべ、申し訳なさから必死に謝罪していた。

「ごめんなさい、弘樹。何から謝っていいのかもわからないけれど、本当にごめんなさい」

「瑞希っ」

弘樹が切なげな顔で、瑞希の腕を無理やり自分のほうに引き寄せる。

タライが落ち、辺り一面に水をぶちまけてしまうも、弘樹は気にしなかった。

「おしまいなのか？　僕たちは、僕たちはこんなことで本当に終わりなのか!?」

「うぅ……っ」

瑞希は泣き出し、大粒の涙を廊下にこぼしていく。

「ごめ、ごめんなさいっ」

「そんな謝罪、聞きたくない！」

弘樹がぴしゃりと言い、瑞希を抱き締めた。

「幸せな家庭を築くって、約束したじゃないか！　子供がたくさんいて、奥さんがいて！」

「うっ……ひっく、ごめ、ごめ……っ」

「なあ、瑞希！　ちゃんと答えてくれよ！」

力なく首を垂れてしまう瑞希を、弘樹は強引に上向かせ、目を合わせてくる。

「あの男が、孝徳さまが好きなのか？　僕よりも、孝徳さまを選んだということか？」

はあはあと興奮から肩で息をする弘樹を見つめるも、涙でにじんで視界がはっきりしない。それは逆に弘樹の表情が明確にならないでいいと、瑞希は思った。

弘樹の詰問に、瑞希はついに首を縦に振る。

「東十条家にいた頃、孝徳さんに与えられた苦痛から救ってくれたこと、それはいまでもとてもありがたいと思ってるわ。そんな弘樹のこと、私は本当に好きだったし、一緒にいられて幸せだった。でも弘樹とは兄妹のような関係で、肉体関係を持とうとしてもできなかったのよ」

弘樹が黙ったまま聞いていたので、瑞希は息継ぎをしてから、先を続けた。

「孝徳さんと再び一緒にいたことで、本当の彼が実は不器用で、愛の伝え方が行きすぎてしまっていたことがわかったから……私はその気持ちに応えたくなってしまったの。憎らしいひとだけれど、それでも、私は離れられなかった」

涙を流しながら訴える瑞希に、苦渋に顔を歪めた弘樹が言う。

「……僕のことは、愛していないのか？」

「私はあなたを愛していると思っていたわ。でも——本当にほしかったのは、傍にいてほしかったのは、孝徳さんだと気づいてしまったの」

わずかな沈黙ののち、弘樹は大きくため息をつくと、目を細めて懸命に笑顔を作った。

「実は僕も、いつかそうなるんじゃないかと、ずっと恐れていたんだ」

「弘樹……」

「力不足ですまなかったな」

「そんなこと、そんなことない！　弘樹のおかげで、私は本当の気持ちに気づけたから……っ」

「瑞希」

「はい」

潤ませた瞳で見上げると、弘樹の目にもうっすらと涙が込み上げていることがわかった。

「幸せになってほしい。僕が愛したひとだから、心からそう思ってるよ」

「弘樹……ありがとう。本当に、本当に――」

どちらからともなく抱き締め合い、ふたりは最後の抱擁を交わす。

やがて弘樹は瑞希を放した。

「外に車を待たせているんだ」

「……え、ええ」

「すぐに来られるか？　僕は車で待っているから」

ためらう気持ちはまだあったが、このまま東十条家から逃げていても仕方ないと、瑞希は腹をくくる。

（孝徳さんとのこと、ちゃんと話さないと……私たちのことを伝えて、許しをもらいたい）

「わかった。ここを片付けたら、上着を取って、下に行きます」

真摯に顔を上げて言ったら、弘樹は深く頷いた。

その頷きには、都合がいいかもしれないけれど、瑞希と孝徳のことを認めるという意味もあったように、瑞希には感じられた。


東十条家の屋敷では、孝造と真理子がそろって瑞希を待っていた。

瑞希は深く頭を下げ、ふたりがいる部屋に入っていく。

畳敷きの床の上に置かれた座布団に正座すると、さっそく真理子が口を開いた。

「孝徳さんの具体はどうなのですか？」

孝徳はあれ以来、その後のいっさいを瑞希に任せると宣言していた。それにより彼の病状は、実母でさえ瑞希に聞かなくてはわからないでいたのだ。

瑞希がつつがなく答える。

「はい、順調に回復されています。主治医の先生からも、予定より早く退院できるとのお墨付きをいただいたところです」

「そうですか」

冷たい声音だったが、そこには安堵とも取れる響きが含まれていた。

真理子は軽く咳払《せきばら》いをして、当主である孝造に水を向ける。

孝造は真理子のほうに軽く頷いてみせると、瑞希に向き直った。

「それで、これからどうする気なのだ？」

「どう、と申しますと？」

わかってはいたけれど、猶予の時間がほしくて、つい質問で返してしまう。

そんな瑞希にわずかに苛立ちを感じたのか、孝造の眉間のしわが深くなった。

「我が息子をたらし込んで、どうするのかと聞いているのだ」

「たらし込んでなどいません」

ドスの利いた声に臆することなく、瑞希はきっぱりと断言する。

「私と孝徳さんは愛し合っています。心から」

「まあ、何をぬけしゃあしゃあと！」

金切り声を上げる真理子を手で制して、孝造のほうが口を開いた。

「瑞希くん。君の両親にはすごく世話になったことは忘れていないし、感謝もしている。もしご存命なら、君たちの仲を祝福することもできただろう」

「………」

瑞希はうつむく。

（いまの私にはなんの後ろ盾もない。例えば美紀子さんに敵うところがひとつでもあれば別なのかもしれないけれど――）

それぱかりは瑞希にはどうしようもないことだ。

だからつい沈黙してしまう。

その沈黙をどう受け取ったのか、孝造がため息混じりに言った。

「君の我が家での働きも評価している。だから望むものをなんでも与えよう」

「え……？」

孝造の言葉の意味がわからず、顔を上げた瑞希は呆《ほう》けた声を出す。

「なんでも？」

「そう、なんでもだ」

孝造が続けるも、決定的なことを断言した。

「だから孝徳は諦めてくれ」

「そ、それは……っ」

動揺する瑞希に、真理子のほうが口を挟んでくる。

「孝徳さんと釣り合いが取れていると、本当に思っているのですか？　あの子はこれからの日本を背負って立つ身でもあるのですよ」

日本屈指の会社とも誉れ高い東十条建設だ。それもあながち言い過ぎではなかった。

「………」

瑞希は再び何も言えなくなる。

（せっかく気持ちが通じ合ったのに……やっぱり私たちは結ばれない運命なの……？）

しかし東十条家の意見がどうであれ、孝徳は自らの欲望に忠実だ。瑞希を手に入れるためなら結婚式から花嫁をさらうこともためらわなかったように、今度は家や会社を捨ててでも瑞希と一緒になろうとするかもしれない。

孝造と真理子はそれをわかっているから、瑞希のほうに身を引かせたいのである。その通り、次のような提案をしてきたのだ。

「貿易商だった君の父上は長く外国にいたからね。君もそうするべきだと思うんだよ」

「……それは、どういう――」

「お金はいくらでも援助しましょう」

真理子が言葉を継ぐ。

「ご両親にならって海外でのんびりと暮らしていくことを、おふたりも望んでいらっしゃ

かった。

「わ、私は……っ」

そうまでして孝徳から引き剝がそうとする孝造と真理子に、瑞希は言い返す言葉がなかった。

（弘樹と別れたいま、そうするしか私には選択肢がないのかしら……？）

まだ逡巡《しゅんじゅん》しているような瑞希に向けて、真理子はたたみかけてくる。

「孝徳さんの幸せは、会社を成功させて、美紀子さんと結婚することなのですよ。あなたたちがいま感じている幸せは一過性のもので、本物の愛なんかではありませんせん」

「………」

そんなことはないと、反論したかった。

けれど場の空気が、それを許さない。

そんな雰囲気に流されかけたとき、部屋のドアが外側から叩《たた》かれた。

「何かご用ですの？　大事な話をしているから、終わるまで入ってこないようにと言ったはずです！」

ぴしゃりと叱りつけるも、使用人は困ったように言う。

「それが、お客さまがいらしているのです！　瑞希さまにご用があると……」

「瑞希さんに？」

怪訝《けげん》な顔になり、真理子は孝造と目を合わせた。

「誰だか知らないけれど、あとになさってとお伝えなさい」

しかし使用人は引き下がらない。

「そうしたいのですが、大事なご用で、旦那さまと奥さまにも聞いていただきたいと……」

真理子は小さく舌打ちすると、孝造が首肯するのに合わせ、「ここに通しなさい」と告げた。

その間、瑞希は呆けたようにきょとんとしていた。

（私に用があるなんて、いったいどこの誰なんだろう？）

ややあって引き戸が開かれ、ブリーフケースを持ったスーツ姿の高齢の男性が現れる。

〝先生〟という呼称が似合うような風貌の、ロマンスグレイの老紳士だ。

男性は無遠慮に室内を見回して、瑞希を見つけると、声をかけてきた。

「あんたが牧原瑞希かね？」

気安い言葉と名前が知られていることに驚き、瑞希は思わず身構える。

「そ、そうですが……」

「そうか！　よかった、よかった。記録が途切れていたから、なかなか居場所が見つからなくてな。この老体には堪えたよ」

瑞希の前まで来た老人は、どかっとその場に腰を下ろすと、ブリーフケースから書類の束を取り出した。

外国語の資料だったことから、瑞希にはさっぱり内容がわからない。

「これが何か……？」

「簡単に説明すると、君の父上がいた英国で遺言状が見つかったんじゃよ。ちなみにわしは国際弁護士の黒田《くろだ》じゃ」

「遺言状っ⁉」

声をそろえたのは、孝造と真理子だった。

瑞希もそれなりに驚いてはいたが、「だからなんなのだろう？」という気持ちのほうが大きくて、言葉までは出てこない。

「そ、それで！　そこにはなんと書いてありましたの⁉」

興奮する真理子をよそに、国際弁護士と名乗った黒田は瑞希に向かって読み上げた。

「〝海外に点在させている財産はすべて娘の瑞希に相続させる〟」

瑞希が返答に窮していると、黒田が説明してくれる。

「海外生活の長かったご両親は、あらかじめこうした遺言状を残していたんじゃ。自分たちに何かあれば、娘が二十歳になったら全財産を相続させるということだったのじゃが、わしが別の国で長期の仕事をしている間に君の行方がわからなくなってしまってね。こうしていまになってしまったが、けっこうな金額があることが判明しておる」

会社はとうになくなっていたが、両親はその可能性も考えて、あらかじめリスクを回避していたという。自分たちに何かあれば、遺産は瑞希の元に行くようにと。

「ざ、財産、ですか」

あまりに急なことにぴんとこない瑞希だったが、黒田の口から出た額はとても少ないとは言えない金額であった。

一躍大富豪となった瑞希を前に、孝造と真理子は唖然《あぜん》と口を半開きにしている。

「あ、あのっ、それは本当に私のお金なんですか？」

「君のものじゃよ」

黒田はペン先を舐《な》めると、瑞希にサインを促した。

言われた箇所に名前を書いている間にも、まだこの状況が信じられず、瑞希の気持ちはふわふわしたままだ。

「さて、これで手続きは完了じゃ」

「これだけで、そんな大金が私に――？」

しつこい瑞希の問いにも、黒田は何度も頷いてみせる。

「苦労して育ったんじゃろうに。これからはこのお金で好きに生きるといい」

「黒田さん……」

自分の境遇など黒田はまったく知らないはずだったが、幼い頃に両親を失ったとあれば、その辿《たど》った道は容易に想像できるのだろう。

「さて、わしは行くよ。ほかの仕事があるんでね」

これは連絡先だと言って、黒田は瑞希に名刺を差し出した。

黒田はさっさと立ち上がると、来たときと同様に東十条家の面々には見向きもせずに、あっという間に部屋を去ってしまった。

残された三人の間に、沈黙が落ちる。

(こんなときにお金を相続したからって、何か変えることができるのかしら……?)

瑞希がどう切り出そうかと様子を窺《うかが》っていると、真理子のほうが口火を切った。

「瑞希さん。孝徳さんとの件ですけど」

「は、はい! わかってます。私たちは不釣り合いで——」

「状況が変わったみたいですから、考え直してあげなくもありませんわよ」

「——って、ええ⁉」

相変わらず上から目線だったが、がらりと態度を変えた真理子に瑞希は驚く。

孝造のほうに目を向けると、難しい顔をして腕組みしていたが、うんうんと妻に同意するように頷いていた。

「孝徳はこれ以後も、全面的に瑞希さんに面倒を看てもらうほうがいいだろう」

「あ、あの……」

戸惑う瑞希に、真理子と孝造が言葉を続ける。

「何かあっても、瑞希さんがいるなら安心ですからね」

「うむ。その通りだ」

「………」

（これはもしかして、お金の力、なのかしら？）

現金な彼らに呆気に取られるも、これで孝徳との関係に障害がなくなったわけだ。

（弘樹のことも東十条家のことも片付いたこと、孝徳さんに伝えないと）

瑞希は孝造と真理子の気が変わらないうちにその場を辞し、再び病院に戻ったのだった。


それから数日後のこと、孝徳はぶじに退院することができた。ケガはすっかり治り、幸い後遺症もなく、間もなく完全に元の状態に戻れるだろうとのことだ。

瑞希はもちろん退院時にも付き添い、孝徳とともにあのマンションに戻ることに決めていた。すでに懐かしくなっていたマンションの外観に感無量になりつつ、タクシーを降りて玄関に向かう。ふたりは仲良く手を繫《つな》いで、終始微笑み合っていた。

しかしロビーに入ったところで、ソファに誰かが座っていることに気づいた。

「やっとお着きになったみたいね」

その高飛車な態度と言動は忘れようがない、美紀子だ。

美紀子は立ち上がると、白いコートを翻して、入り口に立ち尽くしたままの瑞希と孝徳の元へやってきた。

孝徳が瑞希を守るよう一歩前に出て、立ち塞がる。

「美紀子さん、悪いが君とは結婚はでき――」

「何をおっしゃっているのかしら？」

「は？」

眉間にしわを寄せる孝徳に、美紀子は堂々と言い放った。

「あたしに貧乏な婚約者など不要ですわ。ふさわしい男性はたくさんおりますから」

貧乏という単語には思わず首を傾げるも、孝徳はほっと胸を撫《な》で下ろす。

「そ、そうか。ならよかった。じゃあ今日はいったいなんの用で――？」

「もうすぐ無職になるあなたに伝言がありますの」

「無職？　誰が？」

理解が遅いとばかりに、美紀子が苛立った。

「あなたに決まっているでしょう！　残念なお知らせですけど、あたしのパパの会社があなたの会社の発行済株式の過半数を取得しましたの」

「なんだと？」

孝徳がさっと顔色を変えたことで、それが一大事なことにさすがの瑞希も気づく。

「あなたの会社を買収することが正式に決定いたしましたの。あなたの会社における経営権はすでに剝奪されているのよ」

「……っ」

くっと唇を嚙み締める孝徳を見て、瑞希はおろおろするしかない。どうやら孝徳の入院中、美紀子のあのときの捨て台詞が実行されていたらしい。

美紀子は自分に振り向かない孝徳に嫌気が差し、最悪の形で復讐を果たしたようだ。復讐については他人事ではなかったので思わず苦笑するも、いまはそれどころではない。

「ふふふ、ざまあないわね。これで東十条家も終わりだわ！」

心底うれしそうに笑い、美紀子が言う。

「あたしを選ばなかったあなたが悪いのよ。いまさら後悔しても遅いんだから。せいぜいふたりで貧乏暮らしを堪能することね」

そうしてひらりと踵《きびす》を返そうとした美紀子を、気づけば瑞希は引き留めていた。

「あ、あの！　美紀子さん、待ってください！」

美紀子は面倒臭そうに振り返り、目をすがめて瑞希を哀れむ。

「何？　いまさらもう何も方法がないことは、そこのひとがわかっている通りよ。だから何も言わないのよね？　孝徳さん」

おほほほっと軽快に笑いながら、美紀子はさらに瑞希を蔑んだ。

「富も権力も失って、これからどうなさるおつもりなのかしら。落ちぶれた男とお幸せにね。何も持たないあなたとお似合いだわ」

しかし瑞希は挫けず、じっくりと美紀子の話を聞こうとする。

「美紀子さん。もう孝徳さんの会社の買収は済んだわけですよね？」

「当たり前じゃない。でなければこんなところに来ないわ！　彼が入院していたから、彼の会社の役員と交渉していたのよ。あなたがいなかったおかげで、二束三文で買い取らせてもらえたわ。一番に教えたくてうずうずしていたんだから！」

この高級マンションに住めるのもあとわずかでしょうねと、美紀子がにやにやした。

ビジネスの知識に疎い瑞希だったが、さらに食い下がる。

「なら、お願いがあります」

「なんですって？　あたしがあなたの頼みなんて聞くと思っているの？」

美紀子が不快も露わに、見下すように瑞希を見つめた。

瑞希は腰を折って、深く頭を下げる。

「どうか孝徳さんに会社を返してあげてください」

「はあ？」

ちゃんちゃらおかしいとばかりに、美紀子が腹を抱えて笑った。

「何言っているの？　あなた、頭は正常なのかしら！」

「おい、瑞希――」

孝徳も瑞希を止めようとする。これ以上あがくことは、彼のプライドにも関わってくるからだ。誇りだけは失いたくないのだろう。

しかし瑞希はやめなかった。さらに美紀子に言い募る。

「それなら私が美紀子さんのお父さんの会社を買います」

「……なんですって？」

不穏な台詞に、美紀子の顔が歪む。

「何を馬鹿なことを言っているの？　うちの会社の規模どころか、そちらの会社の規模さえわかっていないド素人が——」

「お金ならあります！」

瑞希が即座に言葉を切った。

「もし美紀子さんが孝徳さんの会社を返してくださらないのでしたら、私の全財産をつぎ込んで、美紀子さんの会社ごと買収させていただきます」

「…………」

不可解とばかりに瑞希を見つめ、沈黙する美紀子。

孝徳も意味がわからず、動揺するばかりだ。

「み、瑞希……そんな大金、いったいどういうことなんだ？」

瑞希は孝徳には遺産が入ったことを話していなかった。あえて秘密にしていたわけではないが、入院生活中は外部の情報で負担をかけたくなかったからだ。

だからいよいよこの場で、美紀子もいることだしと、事の次第を話して聞かせた。

相当な額の財産を相続した瑞希は、実はこの中で一番の財力があるということがわかり、孝徳も美紀子も驚きのあまり開いた口が塞がらない。

「——ということで、孝徳さんの会社を返してほしいんです。お金なら払いますから」

「な、な、なっ」

未だに狼狽《ろうばい》して言葉にならない美紀子。

しかし孝徳のほうは逆に冷静になっていた。

「瑞希。君の考えはとてもうれしいし、これから落ちぶれるはずの東十条家の救いにもなる。だが、そんな大金があっても、この件に関与すれば一瞬で君の財産がなくなってしまうぞ」

孝徳の心配もよそに、瑞希はふるふると首を横に振る。

「だからどうだと言うの？　私は孝徳さんと幸せに生きて行きたいだけなの。孝徳さんに会社が必要なら、私は全力で応援します。お金なんてなくなったって構わないわ」

正直、使い道にも困っていたから……と、つい本音を漏らす瑞希。

そんな瑞希を、孝徳は思わずといった態で抱き締めていた。

「瑞希――っ」

「た、孝徳さん。苦しい」

「あ、ああ、悪かった！」

慌てて抱擁を解くと、孝徳の胸に押しつけられていた瑞希がぷはあと息をする。

そしてふたりして笑い合い、いまさらながら美紀子の存在に気づいた。美紀子は何を考えているのか、呆然と立ち尽くしている。

自信を取り戻した孝徳が前に進み出て、改めて美紀子に相対した。

「というわけだ、美紀子さん。いまの俺たちには君のうちの会社ごと買収する力がある。それがいやなら、俺の会社を返すことだとお父上に伝えておくんだな」

すると美紀子の瞳に涙が浮かび上がった。

「な、何よ……！　そんなことぐらいで勝ったと思わないことね！」

「美紀子さん……」

瑞希は美紀子が不憫《ふびん》になり、思わず声をかける。

「あなたが本当に孝徳さんが好きだったってこと、私にはわかります。でもそれ以上に、ずっと昔から、私は孝徳さんのことが好きでした。どうか私に孝徳さんをください。必ずふたりで幸せになると誓いますから」

「……っ」

くっと唇を噛み、美紀子はふたりの傍を早足で通り抜けた。

「勝手に幸せになればいいわ！　あたしにはもう関係のないことよ！　会社のことも、パパにきちんと話しておくから、無茶なことはしないでちょうだいね！」

美紀子はそう捨て台詞を残し、マンションをあとにする。

残された瑞希と孝徳は、顔を合わせ、安心したように詰めていた息を吐いた。

「はあ……はったりではなかったけれど、うまくいってよかったです」

「本当に」

孝徳がしみじみと言う。

「しかし、瑞希。本当に、ご両親の財産は大事にしてくれ。これじゃあ、ご両親から託された君を不幸にしてしまいかねない」

「何を言ってるんですか！」

孝徳がきょとんとしていると、瑞希が彼の手を取った。

「お金なんかどうにでもなります。でも孝徳さん、あなたはお金じゃあ買えないんです。私を好きなのでしょう？　これからも愛してくれるのでしょう？」

目を細めて問う瑞希に、孝徳は強い語調で「もちろんだ」と受け合う。

瑞希は心から微笑んだ。

「それならほかに何もいらないじゃないですか。私たちふたり、幸せになるのですから」

「瑞希……！」

孝徳も微笑みを返す。

「君と出会えて、君に恋をして、君と一緒になれて、俺は本当に幸せ者だ」

ロビーにもかかわらずふたりは抱き合い、互いの愛を確かめた。

「孝徳さん……！」

「瑞希、結婚してくれないか？」

思いがけないタイミングのプロポーズに、ぱあっと瑞希の顔が輝く。

「もちろんよ、もちろん！　私、孝徳さんと結婚したい！」

孝徳もうれしそうだ。

「指輪は何がいい？」

「そんなものいらないわ」

「どうして？」

小首を傾げる孝徳に、瑞希は苦笑する。

「これまででもう充分、締め付けられていたからよ」

それを聞いた孝徳はその場で吹き出すも、ばつが悪そうな顔で言った。

「それは悪かったと思ってる。でも瑞希、君への愛の誓いに、どうしても形がほしいんだ」

「孝徳さん……」

瑞希は遠慮がちに頷く。

「わかったわ。ありがとう」

「じゃあ、さっそく行こうか？」

「い、いまから⁉」

病み上がりだと忠告するも、孝徳は譲らなかった。

「もちろん。いますぐに君に愛を誓いたいんだ」

瑞希は呆れたようなため息をついたが、胸を躍らせながら孝徳とともにマンションを出た。


いつかふたりでデートした、セレクトショップが並ぶ通りでタクシーを降りると、孝徳は瑞希を連れて高級ジュエリー専門の店に入っていった。弘樹が贈ったものと同じブランドではなく、別の店だったので、瑞希はほっと胸を撫で下ろす。

ドアを開いて女性店員に迎えられた途端、孝徳は彼女に向けて一言だけ告げた。

「この店で一番大きなダイヤモンドの指輪がほしい」

驚いたのは瑞希だ。

「た、孝徳さんっ⁉」

そんな無駄遣いしなくても――と、心配そうに孝徳を見上げる。

店員が「かしこまりました」と言って店の奥に消えたあと、孝徳は心底うれしそうな顔を瑞希に向けた。

「俺の愛の大きさだと思ってくれていい」

「孝徳さん……！」

瑞希が感慨に浸っていると、店員が戻ってきて、四角いトレイの上に載せた指輪を見せてくる。

「どうだ？」

孝徳に聞かれ、瑞希はじっと立て爪のダイヤモンドリングを見つめた。

きらきらと輝くダイヤモンドはとても大きく、澄んでいたので、普段宝石に縁のない瑞希にもすばらしい品であることがわかる。

「ええ、素敵です」

「じゃあ、これを」

瑞希の感想を聞くや否や、孝徳は即決した。店員が値段を告げるも、彼は動じることなく支払いに応じた。

０が多い値段にくらくらしたが、孝徳の気持ちが伝わり、瑞希の心はぽかぽかと温かった。

小さなケースが入ったブルーの紙袋を持って外に出ると、突然、孝徳がその場に跪《ひざまず》いた。

「ちょっ……孝徳さんっ⁉」

片膝を付き、瑞希に向かって紙袋から取り出した指輪のケースをこちらに向けて開けてみせる。

「瑞希、俺と結婚してくれないか？」

「――っ」

とっさのことに言葉に詰まり、両手で顔を覆う瑞希。

通りを歩いていた周囲の人々が、何事かとふたりに注目していた。

唐突な公開プロポーズに驚いていた瑞希だったが、「愛してる」と続けた孝徳を前に、自然と涙が浮かんでくる。

そして人々が円を描いて見つめる中、瑞希はこくこくと小刻みに頷いた。

「はい、はいっ……結婚します！」

がばっと孝徳の首に腕を回して抱きついた瞬間、周囲から拍手と歓声が上がる。

孝徳は瑞希を抱き締め返してから、彼女に唇を重ねるだけのキスをした。

「さあ、瑞希。手を出して」

言われるがままに左手を伸ばすと、その薬指に買ったばかりのダイヤモンドリングをはめてくれる。夕焼けの光を反射したそれはきらめき、瑞希は心から幸せを感じていた。

こうして牧原瑞希は、童話『シンデレラ』の主人公のように、長い年月にわたる苦労の末、見違えるほどの成長と幸福を手にしたのであった。実際に起こるとは少しも思わなかったシンデレラストーリー、それは瑞希と孝徳の物語だった。


マンションの部屋のドアを閉めてすぐ、孝徳が荷物を放り出して瑞希を抱き締めてきた。

「ちょっ……孝徳さん」

瑞希は離れようとするも、孝徳は放してくれない。

孝徳は瑞希の首筋に顔をうずめ、吐息を漏らした。

「ずっと、ずっとこうしたかった」

「孝徳さん……」

久々な甘い時間の予感に、瑞希の脈が自然と速くなっていく。

孝徳は瑞希の顔が見えるようやや距離を取り、彼女の瞳を覗《のぞ》き込んだ。そこに感涙とわずかなためらいを見て取って苦笑する。

「なんでそんな顔してるの？」

「だ、だって……」

瑞希はうつむき加減になり、頬を朱に染めた。

「病み上がりだもの。無理はよくないわ」

「そんなことか。別の意味かと思って、ドキドキしちゃったよ」

「別の意味？」

きょとんとして問うと、孝徳が瑞希の額に己のそれをこつんと合わせてくる。

「まだ俺のものになるのをためらっているのかって思ったんだ」

「そんなこと！」

瑞希は慌てて否定する。

「この数週間で私の気持ちはぜんぶぶつけたはずよ？　心変わりなんてしないわ！」

心外とばかりにぷうっと頬を膨らませると、孝徳はおかしそうに笑ってくれた。

「かわいいな、瑞希」

「た、孝徳さんたら……！」

そろそろ部屋の中に入らないと、と靴を脱ごうとしたら、その手を取られ、ドアに縫い止められてしまう。

「たかの――」

最後まで言葉は紡げなかった。

なぜなら孝徳が唇を重ねてきたからだ。

「ん、んぅっ」

急なことだったので苦しさに喘《あえ》ぐ瑞希は両手を拘束されたまま、口腔《こうこう》内を蹂躙《じゅうりん》されていく。

「ふっ……ぁ、は……んん……っ」

「瑞希っ」

甘くささやかれ、舌で性感帯を刺激される。

じゅんっと口の中に唾液が湧き、下肢が痺《しび》れるような感覚に襲われた。

「あ、はっ……孝、徳さ……ぁ……」

あまりに激しく口を吸われるものだから、初めてのキスのように息継ぎするタイミングが摑めない。

結果、はあはあと荒い息をつくことで、なんとか呼吸していた。

孝徳は戒めを解くと、キスを続けながら、瑞希の身体をまさぐり始める。

「瑞希、瑞希」

「んぅ……や、こ、こんなところで――な、中に、中に入りましょう?」

手の拘束が解かれたところを見計らい、瑞希はやんわりと孝徳を押し返した。

けれど孝徳のボルテージは上がる一方なのか、彼の瞳は興奮に濡れている。

「いますぐ君がほしいんだ」

「で、でもっ」

荷物もあるし病み上がりだしと、懸命に言い聞かせるも、孝徳は瑞希に襲いかかってき

た。首筋に唇を寄せ、かぷっと甘噛みしてくる。

「あ、あんっ！」

「どうしてあれだけふたりでいて、あのときは何もしなくても幸せだったんだろうな」

不思議そうに呟きながら、孝徳が瑞希のコートを脱がしていった。

「いまはもう君を抱かないと、幸せを感じられない気がして怖いぐらいなんだ」

「た、孝徳さん……っ」

未だためらう瑞希のコートが、玄関に落とされる。

孝徳も上着を脱ぎながら、瑞希の身体に触れていく。

「あ、あっ、そんな――」

（こんなところでこんなことするなんて……！）

そう頭では思い続けているのに、愛撫されていくうちに欲望が湧き上がってしまう自分に気づいた。

高まるボルテージは孝徳も一緒なのだろう。

暖房も入れていない部屋なのに、寒さより自分たちの熱気が勝っていく。

「瑞希、好きだ」

言いながら、鎖骨に口づける。その手を瑞希の身体のうしろに回し、ブラジャーのホックを外した。服を持ち上げ、こぼれ出た豊満な胸にかぶりつく。

「ひ、ひぁあっ」

素肌がさらされたときは寒かったのに、乳房を吸われたら、一瞬で身体が熱くなった。

瑞希はしゃがみ込んで自身の胸に夢中になっている孝徳の頭を抱え、ひたすらに甘い声を上げる。

「あ、そんなっ、吸っちゃ、やぁっ……あ、あん、あぁっ」

「もう乳首がこんなに硬くなってるよ」

かりっと先端を甘嚙みされ、瑞希はびくりと身をすくめた。

「ひぃ！」

「痛いかい？」

「う、ううん」

決して痛みはなかったけれど、なんだか孝徳に食べられているような心地になり、胎内がざわめく。

孝徳は調子に乗って、瑞希のあちこちに歯形を残していった。

そのたびに瑞希は啼《な》き、下肢に熱を蓄えていく。

「ん、んぁっ、は……、あ、あんっ、ん、んぅ」

じゅんと湿った下腹部がもどかしくて、もじもじと足を擦り合わせていると、それに気づいた孝徳がスカートをまくり上げ、中に顔を入れた。

「そ、そんなことっ、あ⁉」

戸惑う瑞希だったが、秘められた部分が刺激され、ぴくんと身体を揺らしてしまう。

孝徳は膝立ちになり、ドアにもたれかかる瑞希の片足を肩に担いだ。

「もうショーツがびしょびしょだよ、瑞希」

くくくっと面白そうに笑われ、恥ずかしくて逃げたくなる。

しかし逃げ場などないので、辱めを受けるしか選択肢はなかった。

孝徳はショーツのクロッチをずらすと、瑞希の秘所を露わにする。ひやりとした空気に触れて思わず萎縮するも、すぐに生温かい息が吹きかけられて腰砕けになった。

「あ――」

くらりと傾ぐ瑞希を支えながら、孝徳は瑞希の花びらをめくるよう舌を伸ばす。

「ひぁん、あんっ、ダメぇ、そこ、ダメぇっ」

瑞希も秘所への刺激は久しぶりだったが、そこはすっかり湿り気を帯びており、太ももにまで愛液が伝っていた。

さらに孝徳の愛撫に蕩《とろ》かされ、淫らに喘いでしまう。

「ん、んっ、やっ……一番、感じるとこ、やっ、そこ、やぁっ」

瑞希が抗っていたのは、花芽への刺激だった。

孝徳はつんと尖《とが》って存在を主張していた肉粒を、ころころと舌の上で転がしている。

「ああっ……出ちゃう、なんか出ちゃうっ……気持ちいいっ」

どぷりと蜜壺《みつつぼ》からは蜜が溢《あふ》れていた。

秘孔の入り口には蜜溜まりができており、何かを待ち望むようひくひくとうごめいている。

孝徳はつうっと舌を滑らせると、膣口《ちつこう》に溜まっていた愛液を吸い上げた。

ずずっといやらしい音がして、瑞希は耳を塞ぎたくなるほど恥ずかしくなってしまう。

「そ、そんなっ、ダメよ、ダメぇっ、吸っちゃいやぁっ」

「もう遅いよ」

スカートの中で孝徳が笑う。

抵抗するように、瑞希は足を閉じようとした。

「た、孝徳さんっ、こんなとこ……ちゃんと、ベッドで——」

涙ながらに訴えるも、孝徳は聞く耳を持っていないらしい。

孔に舌を差し込み、くちゅくちゅと出し入れし始めた。

「あ、ああっ、そ、んな——や、んんっ、あ、ああっ」

とろりとろりと、あとからあとから蜜が湧いてくる。

孝徳の唾液も混じり、瑞希の秘部は滑りがよくなり過ぎていた。

「はあ、あ……瑞希、君は甘いな」

「んんっ」

突如として、孝徳がスカートから顔を出す。

もしかしてベッドに連れて行ってくれるのでは？　と、淡い期待をするも、彼は瑞希の前でズボンの前をくつろげ始めた。

「じゃあ瑞希、足を上げて」

「え、ええ」

瑞希が片足を上げると、それを孝徳が片手で支える。

ぐいっと秘部を前に出させ、その蜜口に肉棒の先端をあてがった。

「いくよ？」

瑞希は孝徳自身がほしくてほしくて仕方なかったから、それだけでもまたじゅんと下肢が潤ってしまう。

「瑞希――」

孝徳は瑞希の名を呼びながら、ぐっと腰を突き入れてきた。

「あ、ああっ」

ぐいっと蜜孔を広げられ、まずは亀頭が押し入ってくる。

それだけでも感じて、瑞希の身体がぞくぞくと震えた。

「く、久しぶりだから、ちょっと狭いな」

眉根を寄せ、苦しそうに孝徳が言う。

狭いと言われたけれど、瑞希のほうは痛みなど感じてはいなかった。むしろゆっくりと中を穿《うが》つ男根の刺激だけでいきそうになり、堪えるのに精一杯だった。

「あんっ、孝徳さぁっ……あ、あああっ！」

ず、ずずっとどんどん竿が膣内に呑み込まれていく。

媚壁《びへき》を擦られる感覚がどうしようもなく気持ちよくて、瑞希は玄関先にもかかわらず高い声で喘いだ。

「ああっ、気持ちいい、気持ちいいよぉっ、ああ、ああああ‼」

「は、入る――」

ずんっと孝徳が最後まで己を押し込んだことで、ふたりは久しぶりに結合した。

接合部からはとろとろと愛液が漏れ出ており、もうぐしょぐしょだ。

「は、あ……瑞希、やっぱり君が一番だ……」

「た、孝徳さ、あ……私も、私もあなたが一番だから……」

ふたりではあはあと荒い息をつき、自然に唇を合わせる。

くちゅ、ちゅっと水音を鳴らしてキスをしながら、孝徳は腰を動かし始めた。

「ふ、ぅっ、ああっ、深いっ、深いぃっ、あ、あんっ」

立ってすることが初めてだったこともあり、新たな快感に目覚める瑞希と孝徳。

少し動きづらいというもどかしさはあったが、それが逆にスパイスとなり、ふたりのボルテージを高めていく。

「ああっ、瑞希、瑞希ぃっ」

「う、んっ、ああっ、は、孝徳さ、孝徳さぁんっ」

ずん、ずんと、奥を穿たれ、瑞希は恍惚《こうこつ》として快楽を享受していた。

「気持ちいい、気持ちいいよぉっ、あ、あんっ」

ふたりして必死になる。

「瑞希、瑞希っ」

ぱん、ぱんっと激しく互いの腹部を打ち、最奥まで繋がろうと、ふたりして必死になる。

「あ、あんっ、孝徳さんっ、奥、奥ぅっ、そこ、そこっ」

奥のつるりとしこった部分を突かれ、瑞希は快感に支配されていた。

「ここか、ここだなっ？」

孝徳が執拗《しつよう》にそこを攻めるものだから、危うく達しそうになる瑞希。

「あ、ああ、それ以上はぁ、ダメぇ、ダメぇっ、いっちゃう、いっちゃう」

「いってもいいんだよ、瑞希っ」

しかし瑞希は、なぜかふるふると首を横に振るのだった。

「いや、いや」

「なんでっ？　瑞希がいくの、俺もうれしいっ」

「だって、だってぇ」

瑞希は生理的な涙をぽろぽろこぼしながら、「一緒がいい」と叫ぶ。

「一緒に、孝徳さんと一緒に、いきたいっ……ふたり一緒が、いい！」

「瑞希――！」

孝徳は感動したのか、自らも達するべく激しく腰を動かし始めた。

「あ、あんっ、深い、深いっ、ああ、んんぅっ」

しかし瑞希が堪えるのも限界で、もうあと一回でも突かれたら達してしまうと、自ら膣

に力を入れると、孝徳の分身を強く締め付ける。

「瑞希っ、それは――きついっ」

「わかってる、でも、ちょっと待っ――」

真冬なのに汗まみれのふたりは、もう何がなんだかわからない。

「くっ……そんなに締めるから、いきそうだ……！」

「本当？　本当に？　もう我慢しなくて、いいのっ？」

「ああ、一緒にいこう？　瑞希、ふたりで……！」

「ええっ、孝徳さん！　一緒に、一緒に……！」

激しい口づけをしながら、ふたりは再び腰を打ちつけていく。

「ん、むうっ、うっ」

「く、う――」

瑞希と孝徳はつながりながら互いに舌を擦り合わせ、やがてふたりとも、最高潮に達していく。

「も、もうダメ――孝徳さ……っ」

「俺もだっ、くぅっ」

ずんっと、力強く腰を入れたところで、孝徳の欲望が爆ぜた。

それとともに瑞希も絶頂に達して、膣内が蠕動《ぜんどう》運動を始める。

びゅくびゅくと飛び出した精液は、子宮内に送られ、瑞希の下腹部を満たしていく。

「あ、熱い……あぁ……」

あまりに強い充足感に、満足げな吐息をつく瑞希。

「はあ、はあ」

孝徳もまた最後の残滓に至るまで瑞希の中に注ぎ込み、どくっ、どくっと局部を震わせていた。

とろりと、接合部から愛液と精液が混じった白濁が流れ落ちてくる。

そのいやらしい光景を目の当たりにしながら、ふたりは口づける。

「好きだよ、愛してる。瑞希」

「私も好きです。愛してます、孝徳さん」

こうして瑞希と孝徳は、いつまでも愛を交わし合うのであった。

終章　濃く、甘く熟して。

寝室は暗澹《あんたん》としており、淫靡《いんび》な雰囲気が漂っていた。

麝香《じゃこう》を思わせるアロマの香りに満たされた室内に、ふたりの人間がいる。

ベッドがぎしりと鳴ったところで、その上で震えていたひとりがびくりと身体をすくませた。

「こんなことして、どうする気なのっ」

瑞希が叫ぶと同時に、両手首にかけられた手錠がしゃらりと鳴った。

ぎしり、と再びマットレスが弾み、もうひとりが近づいてくる。

サイドテーブルに置かれたロウソクの灯りにその顔が照らされると、狂気じみた彼の表情が露わになった。

「どうする気？　わからないほど、君は子供だったかな？」

くすくすと、孝徳は笑う。

瑞希は怯《おび》え、思わず後退るも、背中にクッションの感触を感じて絶望した。それに手錠は長いチェーンによってベッド枠に繋《つな》がれていたから、そもそも逃げられはしないのだった。

孝徳は瑞希にゆっくりと迫っていく。

床には脱がされた瑞希の衣類や、孝徳自身が脱いだ衣服が散らばっている。

ふたりとも生まれたままの姿だった。

「瑞希」

「……っ」

びくっとした瑞希の前に、気づけばもう孝徳がいる。

彼は瑞希の顎に手を添えると、半ば強引に上向かせた。

「君は一生俺のものだ。誰にも渡さない。誰にも触れさせない」

ここにずっと閉じ込めておく――というささやきが、瑞希の唇にかかる。

「んっ、んぅ⁉」

無理に口づけられ、瑞希が喘《あえ》いだ。両手を突っ張り、彼を引き剝がそうと試みる。

しかし孝徳は力業でねじ伏せ、唇を割ると、中に舌を忍び込ませてきた。

「はっ、ぅ……う、あ……はっ……」

生温かく繊細に動く舌に己のそれを絡め取られてしまい、瑞希はなす術なくされるがままとなった。

くちゅ、くちゅっと、唇が合わさるいやらしい水音が室内に響く。

「んぅう、う、む……は、んっ……」

思い切り舌を吸われ、口腔《こうこう》内が唾液でいっぱいになる。

瑞希の口の端から溢《あふ》れた唾液が垂れ、つうっと筋を引いて頬を滑った。

それに気づいたのか、孝徳が唇をずらすと、その筋を追うようにキスを散らしていく。

「あっ、はんっ」

敏感なところに何度も何度も赤い痕を残され、瑞希の内側から何かむずかゆくなるような、不可思議な熱が込み上げてきた。

「やぁ……そ、そんなっ」

「どこが気持ちいいの？　言ってごらん」

どこまでも優しい声で、孝徳が聞く。

けれど瑞希は快楽に抗うように、ふるふると首を横に振った。あえて言葉にはせず、キッと孝徳を睨《にら》み付ける。

「そんな目で見ないでくれ。我慢できなくなりそうだ」

「……っ」

何をしてもしなくても、孝徳は瑞希にしか反応しない。瑞希しか見えておらず、見ようともしていないのだった。

瑞希が諦めて口を開きかけたとき、玄関のほうから声が聞こえてきた。

「ただいま戻りましたー！　孝徳さまー？　瑞希さーん？」

状況にそぐわない朗らかな声音。ふたりのほかにこのマンションの合鍵を持っているのはひとりしかいない――知子だ。

「アイス買ってきましたから、早くいらしてくださーい！」

瑞希と孝徳は目を合わせ、互いにぷっと吹き出した。

「だからいまはやめましょうって言ったのよ。孝徳さん、さあこれを外して！」

「今日は暑いし面倒な用事を頼んだから、時間がかかるだろうと思ったんだがなあ……」

しゅんと肩を落として、孝徳が瑞希の手錠の鍵を開く。

両手が自由になった瑞希はさっさと服を着ると、ロウソクを吹き消し、室内すべての窓の遮光カーテンを開きにかかった。

夏の眩《まぶ》しい日射しが中に入り、部屋の空気が瞬く間に変わっていく。

孝徳をその場に残して、瑞希は先に寝室を出た。

リビングに入ると、知子がキッチンにいるのが見えた。くだんのアイスなのか、冷蔵庫に買い出ししてきた品々をしまっているらしい。

「お帰りなさい、知子」

瑞希がやってくると、知子が振り向き、めざとく彼女の首筋を見つめた。

「まあた孝徳さまと昼間からイチャついていらしたんですね。まったく昼間はわたしがいるからとあれほど――」

「そ、そんなこと――」

「わかっているなら、もう少し遅く帰ってくれ」

頬を朱に染めた瑞希が否定するより早く、同じく服を着てリビングに入ってきた孝徳が言葉を被せる。彼はがりがりと不満そうに髪をかき混ぜると、冷凍庫を開けてアイスを取り出した。

瑞希と知子、それぞれにアイスを持たせると、さっさとソファに移動する。

ぶつぶつとまだ何か呟《つぶや》いている孝徳に、瑞希と知子は顔を合わせてこっそりと笑う。

「まったくいつまでもお子さままですね、孝徳さまは」

「本当なのよ。あんなんでいい父親になれるのかしら」

アイスを舐《な》めながら愚痴を言う瑞希に、知子が「あんなんで？」と首を傾げた。

「あ、な、なんでもないの！」

瑞希ははっとして、慌てて答える。

（孝徳さんがいまでも監禁プレイが好きな変態だと言ったら、知子はこの仕事を辞めてしまうかもしれないわ……！）

そんな瑞希の内情を知るはずもなく、知子は瑞希の腹部にそっと手を当てた。

「もうすぐですからねえ、ご出産。無事にお生まれになってくださいねえ」

「あはは。ありがとう、知子」

しかし孝徳が聞いていないか確かめてから、知子にささやく。

「東十条家の跡取りだからって、もう本当にお義母さまとお義父さまがうるさいの！」

「あら〜」

知子は同情するも、彼女の主人はその東十条家の息子であることから、さすがに悪口は言えないようだ。アイスを食べながら、残りの荷物の仕分けにかかる。

するとバッグの横から、ヒマワリの花がぴょこりと顔を出していることに気づいた。

「あれ、知子。それ、どうしたの？」

「え、あ――」

なぜか知子は恥ずかしそうにヒマワリを隠し、「なんでもございません！」と嘘《うそ》をつく。

瑞希はぴんときて、にやにやと知子とヒマワリを見比べた。

「弘樹からね？　そんなに立派な花は花屋でもなかなか売ってないもの」

「……っ」

知子は真っ赤に顔を染め、やがてうつむいてしまう。

けれど瑞希はそんな彼女に感謝していた。

「弘樹を好きになってくれてありがとう。どうか彼を幸せにしてあげてね」

「そ、そんな！　瑞希さんには到底敵いませんし、もしかしたらいまも彼は――」

「ないない！　それはないから！」

瑞希と弘樹は、あのときにきちんと別れを済ませている。

弘樹が花をあげるのは好きなひとだけということを、瑞希はよく知っていた。

「それで……」

「おーい」

女子トークを続けようとしていたところで、孝徳から声がかかる。

「瑞希が食べさせてくれないと、俺はまともにアイスも食べられないんだぜ」

「んもう！」

瑞希は子供っぽい孝徳に辟易《へきえき》しつつも、ソファに向かった。

「孝徳さん、もう少しで父親になるのよ？　しっかりしてくれないと困るわ」

瑞希の注意にもどこ吹く風だ。孝徳は彼女が来てくれたことで満足したらしい。機嫌が良さそうに瑞希を抱え、膝の上に乗せてくる。

「お、重いわよ！」

慌てて下りようとする瑞希を押し留め、孝徳は彼女を抱き締めた。

「大事なふたりを重いだなんてどうして思う？」

「孝徳さん……」

その一言につい感動してしまい、これまでのすべてを許してしまいそうになる。

「ねえ、あなたはいま幸せ？」

どうしてそんなことを聞きたくなったのだろう。瑞希自身にもわからなかったが、孝徳は抱擁を解いて瑞希に顔を合わせた。

「愚問じゃないか？」

「そ、そうよね。幸せよね。何言ってるんだろう、私ったら」

動揺する瑞希にしかし、孝徳は首を横に振る。

瑞希は先ほど以上に狼狽《うろた》えた。

「幸せじゃないの⁉」

「うん」

こくりと頷《うなず》いた孝徳は、至極真剣な眼差しで言う。

「さっき瑞希とエッチできなかったから、俺は世界一不幸者だよ」

「…………」

一瞬の間ののち、瑞希は憮然《ぶぜん》と目を細めると、ぴしゃりと孝徳の頬を張った。そして無理やり起き上がり、さっさと彼の元を去ってしまう。

「み、瑞希⁉　瑞希ぃ⁉」

必死に背中に叫ぶ孝徳を無視しつつも、その質問を自分にされていたら——と瑞希は考えた。

(間違いなく幸せだわ……！)

瑞希の人生はこれからも濃く、甘く熟していく。

あとがき

このたびは数ある乙女系小説の中から拙作を選んでお買い上げくださり、誠にありがとうございました。素敵なご縁をいただきましたこと、心よりお礼申し上げます。

今回は紙書籍デビューをさせていただいた竹書房の蜜夢文庫さまに再び機会をいただき、こうしてまた皆さまとお会いすることが叶いました。改めまして、御子柴くれはと申します。普段はライターとして、また編集者として、ティーンズラブの漫画原作、ゲームシナリオ、さらに電子書籍出版事業など、多岐にわたって活動しております。

本作は倒錯的な愛をテーマに、強気で孤高なヒロイン瑞希と完璧なのにヤンデレなヒーロー孝徳、そして生真面目な弘樹という三角関係を軸に、物語を構築していきました。お口に合うようでしたら、ぜひお気軽にご意見・ご感想等、出版社までお寄せください。

末筆ながら失礼いたします。ここで謝辞を述べさせてください。

本作をイメージしやすいように素晴らしいイラストを付けてくださった龍胡伯先生。まだ私のほうでは完成版の表紙を拝見していないのですが、本作をご購入された方のほとんどは表紙をご覧になり、絵が気に入ってお手に取ってくださったことと思います。龍胡伯先生のご尽力にはとても感謝しております。お忙しい中、本当にありがとうございました。瑞希と孝徳の微妙な距離感、表情にまでこだわっていただき感無量です。

パブリッシングリンクの担当さま。いつも懇切丁寧、迅速にご指導くださり、今回はとても作業がしやすかったです。こちらも本当にありがとうございました。またご多忙にもかかわらず、ご迷惑・ご面倒をおかけし続けましたこと、心よりお詫び申し上げます。おかげさまで、いまこうして無事に発売に漕ぎ着けることができました。

そして家族や友人、知人。明日出版の仲間たち。病院、整骨院の先生方など。相変わらず病気持ちで体調や精神状態に波のある私をいつも支えてくださり、本当に心強く、最後まで執筆に集中することができました。これからも何卒、よろしくお願いいたします。

竹書房の皆さまを筆頭に、取り次ぎ先、印刷所や各書店さまなど、この物語を本にするにあたり関わってくださったすべての皆さま、本当にありがとうございます。

最後に拙作をご購入くださり、貴重な時間を使って読んでくださった読者さまに最大限のお礼を。本作に最後までお付き合いくださいましたこと、感謝に堪えません。本当に本当にありがとうございました。次回もどこかでお会いできることを祈っております。

二〇二一年吉日

御子柴くれは　拝

★著者・イラストレーターへのファンレターやプレゼントにつきまして★
著者・イラストレーターへのファンレターやプレゼントは、下記の住所にお送りください。いただいたお手紙やプレゼントは、できるだけ早く著作者にお送りしておりますが、状況によって時間が掛かる場合があります。生ものや賞味期限の短い食べ物をご送付いただきますと著者様にお届けできない場合がございますので、何卒ご理解ください。

送り先
〒160-0004　東京都新宿区四谷 3-14-1　UUR 四谷三丁目ビル２階
(株)パブリッシングリンク
蜜夢文庫 編集部
○○（著者・イラストレーターのお名前）様

濃く、甘く熟して
復讐に燃える乙女は禁断の愛に囚われる

２０２１年１月２９日　初版第一刷発行

著……御子柴くれは
画……龍胡伯
編集……株式会社パブリッシングリンク
ブックデザイン……しおざわりな
（ムシカゴグラフィクス）
本文ＤＴＰ……ＩＤＲ

発行人……後藤明信
発行……株式会社竹書房
〒102-0072　東京都千代田区飯田橋２－７－３
電話　03-3264-1576（代表）
03-3234-6208（編集）
http://www.takeshobo.co.jp
印刷・製本……中央精版印刷株式会社

■本書掲載の写真、イラスト、記事の無断転載を禁じます。
■落丁・乱丁があった場合は、当社までお問い合わせください
■本書は品質保持のため、予告なく変更や訂正を加える場合があります。
■定価はカバーに表示してあります。
© Kureha Mikoshiba 2021

ISBN978-4-8019-2534-2　C0193
Printed in JAPAN